KB063446

Travels & Adventures of

Three Princes of Serendip

세렌디피티의 왕자들

김 대 웅 | 전주 출생으로 전주고와 한국외국어대학교 독일어과를 나와 문예진흥원 심의위원, 영상물등급위원회 심의위원, 충무아트홀 갤러리 자문위원 등을 역임했다.
저서로는 《알아두면 잘난 척하기 딱 좋은 영어잡학사전》《신화와 성서에서 유래한 영어표현사전》《커피를 마시는 도시》《그리스 신화 속 7여신이 알려주는 나의 미래》《제대로 알면 더 재미있는 인문교양 174》 등이 있으며, 편역서로 《배꼽티를 입은 문화》《반 룬의 세계사 여행》이 있다. 번역서로는 《터키전래동화집》《나는 곰이란 말이에요》《동물이 인간으로 보인다》《마르크스 엥겔스 문학예술론》《루카치 사상과 생애》《영화 음악의 이해》《무대 뒤의 오페라》《패션의 유혹》(공역)《여신들로 본 그리스 로마 신화》《상식과 교양으로 읽는 영어 이야기》 등이 있다.

세렌디피티의 왕자들

초판 1쇄 인쇄 · 2019년 10월 15일
초판 1쇄 발행 · 2019년 10월 20일

원작자 · 아미르 후스로 델라비
옮긴이 · 김대웅
펴낸이 · 이춘원
펴낸곳 · 책이있는마을
기 획 · 강영길
편 집 · 이경미
디자인 · GRIM / dizein@hanmail.net
마케팅 · 강영길

주 소 · 경기도 고양시 일산동구 무궁화로120번길 40-14(정발산동)
전 화 · (031) 911-8017
팩 스 · (031) 911-8018
이메일 · bookvillagekr@hanmail.net
등록일 · 2005년 4월 20일
등록번호 · 제2014-000024호

잘못된 책은 구입하신 서점에서 교환해 드립니다.
책값은 뒤표지에 있습니다.

ISBN 978-89-5639-317-9 (03840)

이 도서의 국립중앙도서관 출판예정도서목록(CIP)은 서지정보유통지원시스템 홈페이지(http://seoji.nl.go.kr)와 국가자료공동목록시스템(http://www.nl.go.kr/kolisnet)에서 이용하실 수 있습니다.(CIP 제어번호 : CIP2019039266)

Travels & Adventures of

Three Princes of Serendip

세렌디피티의 왕자들

아미르 후스로 델라비 원작 · 김대웅 옮김

옮긴이의 글

'세렌디피티*(serendipity)*'는 '의도적으로 연구하지 않았는데도 훌륭한 결과를 발견해내는 능력' 정도의 뜻으로 쓰이는 말이다. 특히 과학 연구의 분야에서 완전한 우연으로부터 중대한 발견이나 발명, 실험 도중에 실패해서 얻은 중대한 발견이나 발명을 가리킬 때 많이 쓰인다. 형용사형은 *serendipitous*이며, '뜻밖의 행운을 발견하는 사람'은 *serendipper*라고 한다.

이 말은 18세기 영국의 문필가인 호러스 월폴*(Horace Walpole)*이 처음 사용했다. 1754년 1월 28일 아침, 그는 피렌체에 머물고 있던 친척 호러스 만*(Horace Mann)*이 보낸 토스카나 공국의 비앙카 카펠로*(Bianca Cappello)* 대공부인의 초상화(조르지오 바사리 그림)

가 영국에 안전하게 도착한 것에 감사하다는 편지를 썼다. 그는 이 편지에서 《세렌딥의 세 왕자의 여행과 모험》이라는 동화에 나오는 '왕자들이 미처 몰랐던 것들을 항상 우연과 지혜로 발견*(they were always making discoveries, by accidents and sagacity, of things which they were not in quest of......)*'하는 모습에서 이 단어를 만들었다고 전했다.

PEREGRINAGGIO DI TRE GIOVANI FIGLIVOLI DEL RE DI SERENDIPPO,

PER OPRA DI M. CHRISTOFORO Armeno dalla Persiana nell'Italiana lingua trapportato.

E' IL MIO FOGLIO

QVAL PIV FERMO

E' IL MIO PASSAGGIO.

SIBILLA

Co'l Privilegio del Sommo Pontefice, & dell'Illustriss. Senato Veneto per anni X.

《세렌디포의 세 젊은이의 순례》(1557) 표지

이 이야기는 원래 페르시아의 시인 아미르 후스로 델라비*(Amir Khusrow Dellavi; 1253~1325)*의 민담집 《8개의 천국*Hacht Béhécht, Les huit Paradis*》*(1302)*에서 추린 것이다. 이것을 베네치아의 인쇄업자 미켈레 트라메치노*(Michele Tramezzino)*가 1557년에 크리스토포로 아르메노*(M. Cristoforo Armeno)*에게 번역을 맡기고 《세렌디포의 세 젊은이의 순례*Peregrinaggio di tre giovani figluoli del re di Serendippo*》라는 제목을 붙여 소책

자로 발행했다. 이 이탈리아어판은 1583년에 독일어로 번역되었으며, 1610년에는 프랑스어로 몇 차례 재구성되어 번역되었다. 프랑스어판들 중 1719년에 간행된 슈발리에 드 멜리 판(*Chevalier de Mailly Edition*)의 《*Voyages et aventures des trois princes de Serendip*》이 1722년 《세렌딥의 세 왕자의 여행과 모험*Travels and Adventures of Three Princes of Serendip*》이라는 제목을 달고 영어로 번역되었는데, 호러스 월폴은 어렸을 적에 이 책을 읽었다고 한다.

호러스 월폴(1717~1797)

세렌딥(*serendip*)은 실론(*Ceylon*)의 페르시아식 지명이다. 실론은 1978년 헌법을 통해 스리랑카 민주사회주의공화국으로 바뀌었으며, 지금도 스리랑카(*Sri Lanka*; '사자의 나라'라는 뜻)로 불린다.

어느 날 세렌딥의 왕 지아페르(*Giaffer*)는 세 왕자에게 나라를 지키기 위해 중요한 보물을 찾아오라고 명했다. 그리하여 여행길에 오른 세 왕자는 자신들이 원하던 것은 얻을 수 없었지만, 뜻밖의 사건을 통해 인생을 살아가는 데 필요한 지혜와 용기를 자신들의 마음속에서 찾아낸다는 이야기이다.

이 페르시아 이야기는 유럽에서 큰 인기를 누려 볼테르의 《자디그 또는 운명의 책*Zadig, or The Book of Fate*》(1747)과 다윈주의자인 토머스 헉슬리의 《자디그의 방법*The method of Zadig*》 그리고 에드거 앨런 포의 추리소설 《모르그가의 살인자들*The Murders in the Rue Morgue*》 등에 영향을 주었다. 또 움베르토 에코는 《장미의 이름》에서 이를 자주 인용했으며, 언어에 관한 책 《세렌디피티즈》를 쓰기도 했다.

그 후 '세렌디피티'라는 말은 주로 과학기술 분야에서 사용

되었다. 연구 중의 실패가 역사적인 대발견으로 이어지는 일이 간혹 있는데, 그것을 '세렌디피티'라 불렀다. 초대 노벨물리학상을 받은 독일의 뢴트겐이 발견한 엑스레이(*X-ray*)와 영국의 알렉산더 플레밍이 발견한 페니실린(*Penicillin*)이 그 대표적인 예이다.

1895년 11월 8일 저녁, 뢴트겐은 암실에서 우연히 이 선(線, *ray*)을 발견했는데, 수학에서 모르는 양을 흔히 X로 표시하듯 뢴트겐은 이 빛을 X선이라고 이름 붙였다. 플레밍은 1928년 배양실험을 하는 도중에 실수로 잡균인 푸른곰팡이를 혼입했는데, 결과적으로 이것은 후에 항생물질을 발견하는 계기가 되었다.

애초 협심증 치료제로 개발된 비아그라도 실험 참가자들이 남은 약을 반납하지 않아 알아보니 발기부전에 효과가 있다는 사실이 밝혀졌다. 그 밖에도 이런 실수들은 전자레인지나 3M사의 포스트잇 메모지 같은 상품을 만드는 계기가 되기도 했다.

'세렌디피티'는 생각의 폭이 좁은 사람, 즉 하나의 목표 외에 다른 것은 배제하고 마음을 하나에만 집중하는 사람에게는 잘 일어나지 않는다. 그러므로 지금 당장은 전혀 상관이 없고 소용이 없는 것처럼 보이는 것에까지 관심의 영역을 넓히고 풍부한 상상력을 발휘하여 그 속에서 중요한 무언가를 눈여겨볼 마음가짐을 지닌다면 여러분도 우연한 발견의 행운, 다름 아닌 '세렌디피티'를 얻을 수 있을 것이다.

2019년 10월, 김대웅

여행을 떠나는 세 왕자

아주 먼 옛날, 왕들이 현명하게도 중요한 문제를 신하들과 서로 논의해 해결책을 찾아가던 좋은 시절에 동방의 나라 세렌딥에 지아페르라는 위대한 왕이 있었다.

왕에게는 세 명의 왕자가 있었고, 이들은 모두 품위를 갖추고 어질었기 때문에 장래가 무척 밝았다. 왕은 세 명을 똑같이 사랑했으므로 가능한 한 높은 수준의 교육을 받게 해, 누군가는 자신의 뒤를 잇기에 충분한 인물이 되었으면 했다. 그래서 왕은 자식들의 교사로 가장 뛰어난 현인들을 모았다. 왕은 그들을 궁궐로 불러서 이렇게 명했다.

"나는 이 왕국 안에서 가장 이름 높은 자들 중에서, 자식들의 교육을 위해 여러분을 택했다. 자식들을 잘 가르쳐준다면 더 이상 기쁜 일이 없을 것이다. 잘 부탁한다."

그리고 그들에게 후한 연금과 함께 훌륭한 숙사를 자식들의 거처 옆에 지어주었다. 이 탁월한 스승들은 격식 높은 왕국에서 받은 영예에 감격했고, 충실하게 의무를 수행하여 왕의 기대에 부응하려고 애썼다.

넘치는 지혜와 재치를 갖춘 세 명의 젊은 왕자는 스승들 못지않은 열정으로 공부하여 곧 도덕, 정치, 일반교양까지 통달하게 되었다.

이런 성공적인 결과에 뛰어오를 듯 기뻐한 스승들은 왕에게 달려가 이 사실을 아뢰었다. 왕은 이 말을 듣고 귀를 의심할 만큼 놀라며 그 성과를 몸소 시험해보려고 했다. 왕에게는 이것이 가능했다. 그는 위대한 자가 당연히 알아야만 하는 것을 모조리 알고 있었기 때문이다.

왕은 먼저 맏아들에게 가서, 그가 공부한 학문에 관해 묻고 답을 들은 후 다음과 같은 이야기를 시작했다.

"아들아, 나는 나이의 무게를 느끼고 왕국이 무거운 짐이 되어왔다. 따라서 왕위를 물리고 혼자가 되어 아무것도 생각하지 않고 휴식을 취하고 싶단다. 이렇게 결심한 이상 이 나라의 통치를 너에게 맡기니 최선을 다해주기 바란다.

그러나 그 전에 말해두고 싶은 중요한 것들이 있다. 첫 번째로 그리고 가장 중요한 것은 언제나 신에게 외경의 마음을 품는 것이다. 두 번째는 형제들에게 자기 자식들과 똑같이 마음을 쓰는 것이다. 세 번째는 어려움에 처한 사람들을 구하는 것, 네 번째는 노인을 존경하는 것, 다섯 번째는 박해당하는 죄 없는 사람들을 구제하는 것, 여섯 번째는 죄인을 벌하는 것, 그리고 마지막은 백성들에게 평화와 부를 가져다주는 것이다.

이렇게 함으로써 그들은 너에게 충성을 맹세하고 기도를 올린단다. 그리고 하늘은 너의 영광과 더불어 그들에게 행복을 베풀어줄 것이다.

알겠느냐, 아들아. 내가 준 충고에 따르기 바란다. 그러면 너의 치세는 언제까지나 행복할 것이다."

이 말을 듣고 젊은 왕자는 매우 놀라며 "폐하." 하고 입을 열었다.

“저는 폐하의 분부에, 또한 내려주신 조언과 배려에 진심으로 감사드립니다. 그러나 아버님의 생존 중에 만약 제가 왕국의 통치권을 물려받는다면 사람들은 무엇이라고 말하고 어떤 비난을 퍼부을까요? 또한…….”

왕자는 말을 이었다.

“별의 빛남을 이기는 하늘의 영위는 없는 것처럼, 또 태양의 열에 비할 수 있는 열은 없는 것처럼 강함과 빛남을 겸비하신 아버님만큼 이 왕국을 통치할 수 있는 분은 없다고 확신합니다. 저는 목숨이 붙어 있는 한 늘 아버님의 명령에 따를 마음의 준비가 되어 있습니다. 하지만 이번 말씀은 없는 것으로 해주시길 삼가 부탁드립니다.”

왕자의 말은 아직 끝나지 않았다.

“물론 바라는 바는 아니지만 만약 아버님이 저보다 먼저 돌아가시게 된다면 저는 아버님의 왕국을 물려받아 내려주신 조언에 따라 통치하겠습니다. 가르쳐주신 것을 하나도 빠짐없이

실행하고, 백성들에게는 제 최고의 바람이 아버님을 본받는 것임을 보여주겠습니다."

신중하고 사려 깊은 맏아들의 대답에 왕은 무척 만족했다.

이 최초의 시험으로 아들의 능력과 사랑할 수밖에 없는 성격을 알게 된 왕은 그가 언젠가는 훌륭한 왕에게 필요한 모든 자질을 갖출 것이라고 확신했다.

왕은 기쁨을 내색하지 않고, 다른 두 왕자도 마찬가지로 시험하기 위해 그를 물러가게 한 뒤 둘째 왕자를 불러들였다.

그리고 맏아들에게 했던 것과 똑같은 제안을 했다. 그에 대해 둘째가 답했다.

"폐하, 만약 저의 바람을 하늘이 들어주신다면 아버님은 불멸하실 것입니다. 아버님의 백성만이 아니라 아버님 자식들의 행복을 위해서도 그랬으면 좋겠습니다. 저희는 아버님보다 위대하고 관대하고 도량이 넓은 왕을 알지 못합니다. 따라서 아버님의 변함없는 건강과 한없는 지혜와 신중함 그리고 덕으로써 다스려지는 왕국의 평안함과 무사함을 기도합니다.

저는 폐하의 분부를 받아들일 수 있을 만큼 현명하지 못합니다. 다만 저의 약점을 드러낼 뿐이고, 명예보다 오히려 혼란의 산을 쌓아올리는 데 그치겠지요. 한 마리의 조그만 개미가 지금 막 개미굴에서 나와 아버님의 영지를 다스릴 수 있겠습니까? 저는 힘도 경험도 없는 한 마리의 작은 개미와 같은 존재입니다. 아버님의 왕국을 다스리고 지키기 위해서는 제가 배운 것보다도 훨씬 더 많은 장점과 재능이 필요합니다. 또한……."

잠깐 한숨을 돌린 후 왕자는 이렇게 계속했다.

"형도 살아 있고 건강합니다. 아버님의 뒤를 잇는 분은 형이어야만 합니다. 아우와 저는 아버님의 생각에 다만 따를 뿐이옵니다."

이토록 사려 깊은 답을 들은 왕은 또다시 기쁨에 잠겨 그 아우를 위한 자리를 마련하도록 했다.

마지막으로 막내 왕자가 나타나자 앞의 두 왕자에게 했던 것과 같은 분부를 내렸다.

믿을 수 없는 제안을 들은 왕자는 너무 놀란 나머지 그만 잠시 말문이 막혔다. 그러고는 정신을 가다듬은 뒤 다음과 같이 답했다.

"폐하, 저와 같은 일개 젊은이가 이토록 중요하고 어려운 자리를 어떻게 받아들여야 좋겠습니까? 저처럼 미숙한 자가 받아들일 수 있을 리가 없습니다. 저는 작은 물 한 방울에 지나지 않습니다. 그런데 아버님의 왕국은 넓디넓은 바다와도 같습니다. 폐하처럼 넓은 마음을 가진 자가 아니면 훌륭한 통치는 불가능합니다.

폐하, 저를 시험해보려 하시는 것은 잘 알겠습니다. 그렇지만 무모한 행동을 하여 벌을 받은 저 이카로스[1]의 불행을 되풀이하지 않도록 저는 높이 올라가는 것을 삼가야만 합니다. 형들을 밀어내는 부정과 악으로부터는 제게 고통만 생겨날 뿐입니다. 신은 허락하지 않습니다. 폐하, 그런 일이 있어서는 안 됩니다."

이 신중한 답을 들은 왕은 이 막내 왕자도 형들과 마찬가지로 현명하고 재치가 있는 데 놀랐다. 그는 왕자들의 학문이 일취월장했음을 믿어 의심하지 않았다.

그러나 왕자들의 성장이 여기서 멈추는 것을 못마땅하게 여긴 왕은 그들에게 드넓은 세상을 여행시키기로 마음먹었다. 다른 나라의 예법과 풍습을 배우게 함으로써 자식들의 견문을 한층 드높여주려고 했던 것이다.

그리고 다음 날 왕자들을 불러 모아, 왕국의 통치를 그들이 거절했다는 이유로 화가 난 척하면서 다음과 같이 명했다.

"나는 너희들을 세계에서 가장 뛰어난 인물로 만들려고 더

할 나위 없는 교육을 베풀어왔다. 너희들에게는 한 점의 구름도 없는 순종적인 마음이 싹튼 것이라고 얼마간 희망을 가지고 있었던 것이다. 그럼에도 불구하고 아직 너희들은 의무 수행의 중요성에 대해 이해가 부족한 듯하다. 다른 나라에서 그것을 구해오는 것이 좋겠다. 나흘 안에 궁궐을 떠나고 보름 이내에 이 나라를 떠나라. 허락이 떨어질 때까지 귀국해서는 안 된다."

이러한 명령을 꿈에도 생각하지 않았던 왕자들은 그 말을 듣고 깜짝 놀랐다. 여행이 세 사람에게 매력적이지 않았다든가, 또 마음으로 바라지 않았을 리는 없다. 다만 왕을 더없이 존경하고 있었기 때문에 이러한 방식으로 왕을 두고 떠나는 것이 무척 아쉬웠던 것이다.

왕자들은 가능한 한 시간을 벌려고 노력했지만 왕의 엄한 명령에 따라야만 한다는 것을 잘 알고 있었다. 그리하여 몇 명의 하인들을 데리고 가명을 쓰며 길을 나섰다.

사라진 낙타

고국 세렌딥을 나서자 세 왕자는 곧장 위대하고 강력한 베람 황제의 나라로 들어갔다.

그 수도를 향해 여행을 계속하고 있을 때 그들은 종종 낙타의 무리를 데리고 가는 카라반(*caravan*)[2)]을 만났다. 한 마리의 낙타를 잃어버린 카라반의 우두머리가 왕자들에게 물었다.

"여러분, 혹시 낙타를 못 봤소?"

왕자들은 도중에 그럴듯한 동물의 발자국을 보았던 것을 생각해내고 "봤어요." 하고 일제히 대답했다.

첫째 왕자가 자신을 갖고

"그것은 외눈박이가 아니었습니까?"라고 묻자

"이가 빠져 있지 않았습니까?"라고 둘째 왕자가,

"다리가 불편했지요?"라고 막내 왕자가 물었다.

"허, 이거 놀랍군. 전부 맞는 말이오."라고 우두머리 남자가 고개를 끄덕이자,

"그러면 그것은 당신네 낙타이겠군요. 저 멀리 뒤쪽에서 봤어요."라고 세 사람이 답했다.

남자는 그 이야기를 듣고 싱글벙글하며 왕자들에게 예를 표하고 왕자들이 가리킨 방향으로 낙타를 찾으러 갔다.

그러나 남자는 20마일(약 32킬로미터)가량 갔는데도 낙타를 찾을 수 없었다. 그는 뜻하지 않은 봉변을 당했다고 안절부절못하며 되돌아와 다음 날 다시 세 사람을 찾아 나섰다.

마침 왕자들은 우물 옆의 시원한 나무그늘에서 쉬고 있었다.

남자는 그렇게 멀리까지 갔는데도 낙타를 찾을 수 없었다고 불평을 해대며 그들에게 치근덕거렸다.

"그렇게 확실하게 특징을 말해서 나를 찾으러 가게 하고 바보 취급하다니, 대체 무슨 심산이오?"

이 말을 듣고 첫째 왕자는 말했다.

"당신을 웃음거리로 만들려고 우리가 아무렇게나 특징을 말한 게 아니라는 것쯤은 금세 알 테지요."

첫째 왕자는 말을 이어갔다.

"그러면 우리가 농담을 한 게 아니라는 증거로서 묻는데, 당신의 낙타는 한쪽에 버터를, 그리고 반대쪽에는 벌꿀을 싣지 않았습니까?"

"그리고……."라고 둘째 왕자가 덧붙여 "낙타에는 부인이 타고……."

막내 왕자가 말을 끊으며 "그 부인은 아기를 가졌소."라고 말했다.

"자, 이것으로 우리가 참말을 하고 있는지 아닌지 말해보시오."

이 말을 들은 남자는 왕자들이 낙타를 훔쳤다고 굳게 믿고 고소를 하는 수밖에 없다고 생각했다.

세 사람이 수도에 당도하자 남자는 도둑질을 했다는 혐의로 그들을 고소했다. 재판관은 그들을 노상강도로 붙잡아 재판에 넘겼다.

황제는 세 사람의 노상강도가 붙잡혔다는 전갈에 놀라며 이 사건에 큰 관심을 가졌다. 거리의 안전에는 가능한 한 주의를 기울이고 있었음에도 불구하고 이러한 소동이 일어났다는 것은 황제의 뜻에 크게 어긋났기 때문이다.

황제는 그 죄인들이 젊고 인품이 보통이 아니라는 말을 듣고 그들을 데리고 오도록 했다. 그리고 카라반의 우두머리도 불러들여 세 사람의 앞에서 사건의 경위를 들었다.

남자가 자초지종을 말하자, 황제는 세 사람에게 유죄 판정을 내렸다. 그리고 그들 쪽으로 돌아서서 말했다.

"너희들은 사형을 받아 마땅하다. 하지만 나는 법의 엄중함보다 관용을 더 좋아한다. 그러니 훔쳐간 낙타를 돌려준다면 너희들을 용서하겠다. 만약 거부한다면 도덕을 짓밟은 이유로 사형에 처한다."

이 말은 죄인들을 겁나게 하기에 충분했지만 그들은 조금도 놀라는 기색을 보이지 않고 다음과 같이 차분히 답했다.

"폐하, 우리는 각국의 풍습과 관례를 배우기 위해 세계를 여행하고 있는 세 사람의 젊은이입니다.

그리하여 폐하의 영토에 들어왔는데, 길거리에서 만난 저 남자가 잃어버린 낙타를 혹시 보지 못했는지 거친 말투로 물어왔습니다. 그래서 우리는 보지 않았는데도 보았다고 말했습니다. 사내의 체면을 살려주려고 그가 지금 말한 것과 같은 내용을 말했던 것입니다. 이런 연유가 있었던 다음에 그는 낙타를 찾지 못했기 때문에 우리가 훔쳤다고 단정하고 우리를 고소한 것입니다.

폐하, 이상이 전부입니다. 만약 이 진실이 인정될 수 없다면 우리는 아무것도 말하지 않고 폐하가 만족하시도록 죄를 달게 받겠습니다."

황제는 세 사람이 그토록 정확하게 낙타의 특징을 묘사할 수 있었던 것은 결코 우연이 아니라고 여겼다.

"나는 너희들이 마법사라고는 생각하지 않는다."라고 황제는 말했다.

"그러나 너희들이 훔쳤다는 것은 분명하다. 왜냐하면 너희들이 말한 특징은 하나도 틀림이 없다. 따라서 너희들은 낙타를 내놓을 것인가 죽을 것인가 택할 수밖에 없다."

이렇게 말하고 황제는 세 사람을 다시 감옥에 가두어 재판이 일단 종료되었다.

그런 가운데 카라반의 동료 중 한 사람이 길에서 낙타를 발견하여 남자에게 돌려주러 왔다. 자신의 낙타를 보자 그는 펄쩍 뛰며 기뻐했다. 하지만 이내 억울한 사람들을 고소했던 것이 걱정되어 황제에게 세 사람의 석방을 탄원하러 갔다.

황제는 즉시 석방을 명하고 세 사람을 심하게 다룬 것을 얼마나 후회했는지 전했다.

그리고 황제는 세 사람이 본 적도 없는 낙타의 특징을 어떻게 그리 정확하게 말할 수 있었는지를 물었다.

황제를 만족시키려고 먼저 첫째 왕자가 입을 열었다.

"폐하, 낙타는 한쪽 눈을 볼 수 없는 게 분명합니다. 왜냐하면 우리가 걸어온 길가를 보니 잘 자란 쪽의 풀은 전혀 먹은 흔적이 없고 잘 자라지 못한 맞은편의 풀을 뜯어 먹은 흔적이 있었기 때문입니다. 만약 두 눈이 다 있다면 풀이 잘 자란 쪽을 택하지 잘 자라지 않은 쪽을 택할 리 없었을 거라고 생각합니다."

이어 둘째 왕자가 끼어들었다.

"낙타의 이가 한 개 빠져 있는 것을 알 수 있었습니다. 왜냐하면 길가의 풀이 거의 한 걸음마다 낙타의 이 한 개 크기만큼 남아 있었기 때문입니다."

"저는……." 하고 막내 왕자가 말했다.

"그 낙타의 다리 중 한 개가 불편하다고 생각했습니다. 왜냐하면 땅에 찍힌 발자국을 잘 보면 한쪽 다리를 끌고 있음을 알 수 있었기 때문입니다."

황제는 이들 답에 아주 만족하며 다른 특징도 어떻게 추리할 수 있었는지 흥미를 보이며 설명을 요구했다. 여기에 답하여 첫째 왕자가 말했다.

"낙타는 한쪽 등에 버터를 다른 쪽 등에는 벌꿀을 지고 있었다고 말한 것은, 우리가 걸어온 4분의 1리그(*league;* 1리그는 약 4.8킬로미터) 동안 저는 길 오른쪽에서 기름을 찾는 개미떼를 보았기 때문입니다. 그리고 왼쪽에서는 꿀을 좋아하는 벌떼가 날고 있었습니다."

둘째 왕자가 말했다.

"그리고 폐하, 저는 낙타에 부인이 타고 있다고 생각했습니다. 그 이유는 낙타가 앉았던 곳에서 부인의 신발 자국을 보았기 때문입니다. 그리고 그 쪽에 물이 조금 고여 있어서, 그것이 소변을 본 흔적임을 알았습니다."

"그리고 저는……." 하고 막내 왕자가 말했다.

"땅에 찍혀 있던 손바닥 자국으로 그녀가 임신했다고 짐작했습니다. 일어서기 힘들어 손을 짚었던 거지요. 그녀는 소변을 본 후 몸을 잘 지탱하기 위해 손을 짚었음이 분명합니다."

이 젊은 세 왕자의 관찰은 황제를 매우 놀라게 했다. 황제는 그들에게 무한한 영예를 약속한 다음 얼마 동안 왕궁에 머물도록 당부했다.

세 사람은 훌륭한 숙소에 머물며 왕에 버금가는 대접을 받았다. 황제는 하루가 멀다 하고 이 젊은이들을 찾았다. 그는 세 사람

의 매력에 푹 빠져버렸기 때문에 궁정의 고관대작들보다도 세 사람과 이야기하는 것을 일상의 즐거움으로 여겼다. 또 황제는 종종 골치 아픈 정치 문제를 놓고 세 사람이 자유롭게 토론하도록 하고는, 그들의 이야기를 뒤에서 듣는 것을 낙으로 삼았다.

새나간 비밀

어느 날, 세 왕자는 만찬 때 황제의 테이블에 즐비한 온갖 요리 중에서 어린양의 뒷다리 살 하나와 맛있는 와인을 자기네 식탁으로 가져왔다. 옆방에 있던 황제와 대신들에게는 왕자들이 식사 도중 나누는 대화가 모두 들렸다. 양고기를 먹고 와인을 마시면서 이야기하는 첫째 왕자의 목소리가 들려왔다.

"이 와인은 묘지에서 자란 포도로 만든 게 틀림없어."

그리고 둘째 왕자의 "이 어린양은 개의 젖을 먹고 자랐어."라고 하는 목소리가 들려왔다.

그러자 막내 왕자도 입을 열었다.

"두 분의 말씀은 확실하지만, 제가 이제부터 말하는 것에 비하면 그리 중요한 것이 아닙니다. 황제는 신하의 아들을 사형시켰는데, 그 신하가 황제에게 아들의 복수를 꾀하고 있는 것을 오늘 아침에 알았습니다."

이런 이야기를 들은 황제는 놀라움을 감추고 왕자들이 있는 방으로 들어갔다.

"아, 그대들이여. 무엇을 의논하고 있는 건가?"

젊은 왕자들은 황제의 말을 모르는 척하며,

"폐하, 대단히 잘 먹었습니다."라고 답하며 일어서려고 했다.

그들을 막아선 황제는 자기가 들은 이야기를 모두 확인하고 싶다면서 아까 세 사람이 나눈 말을 계속하도록 명했다. 세 사람은 이미 진실을 감출 수 없는 터라 식사하면서 나눴던 이야기를 털어놓았다.

황제는 잠시 세 사람과 이야기한 후 자신의 거처로 돌아갔다. 거기에서 황제는 와인을 가져왔던 남자를 불러들여 그 산지(産地)를 물었다. 그러나 남자는 알지 못했기 때문에 이번에는 포도원 주인을 불러 이렇게 추궁했다.

"그대가 돌보고 있는 포도원은 오래된 것이냐, 아니면 폐허나 어떤 것 위에 있는 것이냐, 그렇지 않으면 또 인적이 없는 곳이냐? 어떤가?"

포도원 주인은 이렇게 답했다.

"황제폐하, 포도가 자라고 있었던 곳은 이전에 공동묘지였습니다."

진실을 알게 된 황제는 두 번째 문제를 알고 싶었다. 세 번째 문제에 관해서는 자신이 신하의 아들을 사형시켰기 때문에 충분히 알고 있었다.

그는 양치기를 불러서 만찬에 내놓은 어린양을 어떻게 키웠는지 추궁했다. 그 남자는 벌벌 떨면서 답했다.

"화, 화, 황제폐하, 어, 어미의 젖 이외에는 아무것도 주지 않았습니……."

양치기가 무언가를 숨기고 진실을 말하기 어렵다고 느낀 황제는 "그런가." 하고 양치기에게 이렇게 호통쳤다. "그대는 진실을 말하고 싶지 않은 게로구나. 지금 당장 진실을 밝히지 않으면 너를 사형에 처하겠노라!"

"아아, 폐하." 그는 답했다. "용서해주십시오. 진실을 말씀드리겠습니다."

황제가 용서하겠다고 약속하자 양치기는 다음과 같은 이야기를 시작했다.

"폐하, 폐하께서 물어보신 어린양이 아주 조그마했을 때였습니다. 숲으로 둘러싸인 들판에서 어미가 젖을 먹이고 있었는데 한 마리 큰 늑대가 어미를 잡아가버렸습니다. 제가 있는 힘껏 소리를 질렀지만 소용이 없었습니다. 제가 기르고 있던 개가 마침 그날 강아지를 낳아 제 곁에 있었습니다.

저는 어떻게 어린양을 키워야 할까 하고 어찌 할 바를 모르고 있었는데, 문득 어미 개의 젖을 빨려보자는 생각이 들었습니다. 그게 생각 외로 잘되었고 어미 개는 그 어린양을 잘 키웠기 때문에 폐하께 진상하는 게 옳다고 생각해서 오늘 아침께 집사님께 보내드린 겁니다."

이 이야기를 가만히 듣고 있던 황제는, 이 형제들은 모든 일들을 정확히 알아맞힐 수 있는 예언자가 아닌지 생각했다.

황제는 양치기를 돌려보낸 후 그들을 찾아가 다음과 같이 말하기 시작했다.

“형제들이여, 여러분이 말한 것은 모두 옳았다는 것이 밝혀졌도다. 여러분만큼 훌륭하게 모든 일들을 알아채는 소질을 갖춘 자는 이 세상에 없을 것이다. 그래서 오늘 그대들의 식탁에서 들려온 이야기 말인데, 어떻게 추측했는지 그 경위를 알려주면 좋겠네.”

“폐하.” 하고 첫째 왕자가 먼저 입을 열었다. “저는 폐하께서 주신 그 와인을 만든 포도원은 이전에 공동묘지가 아닐까 생각했습니다. 그것을 마실 때의 기분이 평소와 같이 즐거운 것이 아니라 슬픔에 가득 찬 것이었기 때문입니다.”

“그리고 저는…….” 이어서 둘째 왕자가 말했다. “양고기를 한 입 먹었을 때 입은 짠맛을 느끼고 거품투성이가 되었습니다. 그래서 이 어린양은 개의 젖을 먹고 자랐다고 생각했던 것입니다.”

“폐하.” 하고 막내 왕자 끼어들었다. “황제폐하에게 신하가 음모를 꾀하고 있다는 것을 어떻게 제가 알았는지 빨리 알려드리고 싶습니다. 저는 신하의 면전에서 폐하가 사형 판결을 내리시는 것을 보았는데, 그때 그의 안색이 변하면서 분노에 찬 눈으로 폐하를 응시하는 것을 보았습니다.

저는 신하가 물을 달라고 했던 것도 신경이 쓰였습니다. 그것은 의심할 나위 없이 끓어오르는 마음을 감추기 위해서입니다. 모든 것은 자기 아들에게 사형 판결이 내려진 것에 불만을 품고 황송하게도 폐하에게 혐오와 분노를 표시한 게 틀림없었습니다."

황제는 이 세 사람의 형제가 엄청난 역할을 한 것을 알고 마지막으로 말했던 막내에게 물었다.

"신하가 아들의 복수를 위해 음모를 꾀하고 있는 것을 유감스럽지만 잘 알았다. 그런데 그 복수의 계획을 어떻게 들춰내면 좋겠느냐? 내가 아무리 덫을 놓더라도 결코 자백하지 않을 것인데. 그러니 재치가 넘치는 그대들에게 부탁이 있다. 그의 유죄를 확인할 방도를 찾아주길 바란다."

"제가 알려드릴 수 있는 가장 확실한 방법은, 폐하." 하고 그는 답했다. "그 신하가 애지중지하고 있는 젊고 아름다운 아내와 친해져 이쪽에 비밀을 털어놓게 하는 것입니다. 그러려면 폐하께서 그녀의 매력에 사로잡혀 그녀를 위해서라면 뭐든지 마다하지 않는다는 것을 그녀가 믿도록 해야 합니다.

이 아내가 폐하의 마음을 믿으면 당장 폐하에게 자기의 마음을 맡기겠지요. 이 방법으로 폐하는 신하가 꾸민 흉계의 충분한 증거를 쥘 수 있고, 엄정한 법률에 따라 그를 벌할 수 있겠지요."

베람 황제는 이 조언을 받아들였다. 그리고 이 방법을 실행하는 데 어울리는 여자 심부름꾼을 찾아낸 다음, 신하의 젊은 아내를 만나 능숙하게 말을 건네는 데 성공하면 많은 상금을 주겠다고 약속했다. 황제는 자신이 그녀에게 열정을 품고 있다는 것, 그리고 그녀에게 최고의 영예를 안겨줄 작정이라는 걸 믿게 하도록 심부름꾼에게 명했다.

이 사랑의 심부름꾼은 너무나 뜻밖의 사명의 매력에 사로잡혀 성심성의껏 그 역할을 완수하려고 했다.

심부름꾼은 그 젊고 아름다운 아내와 이야기하면서, 황제가 그녀에게 마음을 두고 있다는 사실과 황제의 상냥함을 들려주어 그녀의 욕망을 부추겼다.

사랑의 심부름꾼은 덧붙여서 말했다.

"만약 황제폐하께서 권력에 호소할 생각이었다면, 당신을 억지로 취하거나 부하에게 명하여 남편을 죽이고 당신을 취했겠지요. 그러나 황제폐하는 억지를 강요하는 것은 좋아하지 않습니다. 폐하의 관심에 호의를 갖고, 또 폐하의 열정과 선택받은 행운을 잘 이해해주면 좋겠다고 진심으로 말했습니다."

이 교묘한 심부름꾼의 말을 귀담아듣고 있던 아내는 당장이라도 황제에게 전해달라며 입을 열었다.

"황제폐하가 저에게 품은 고마운 뜻은 분에 넘치는 영광입니다. 하지만 제 몸을 바칠 길은 단 하나밖에 없습니다. 당신께서 그 비밀을 지키고 폐하 이외에는 아무에게도 말하지 않는다고 약속해주시면 그것을 숨기지 않고 알려드리겠습니다."

심부름꾼이 아내에게 약속하자 그녀는 다음과 같이 말을 이었다.

"우리 남편은 황제폐하의 목숨을 노리고 잔혹한 음모를 꾸미고 있음을 알아두셨으면 합니다. 그는 그 계획을 실행에 옮기려고 온 힘을 기울이고 있습니다. 그가 처음으로 여는 만찬회에서 황제를 독살하고 스스로 이 나라의 황제가 되겠다는 계획입니다. 저는 언제나 황제에게 그것을 알리려고 생각하고 있었습니다. 이 음모를 폐하에게 단단히 일러주셨으면 합니다."

그 이야기는 다음과 같은 것이었다.

"폐하가 그 만찬회에 참석했을 때 마지막으로 커다란 크리스털 잔에 담긴 음료가 나올 겁니다. 그걸 보석으로 장식한 금 쟁반에 받쳐 폐하에게 올릴 것입니다. 거기에는 독이 들어 있기 때문에 폐하는 절대로 손을 대지 말고 우리 남편이 그것을 마시도록 해야 합니다.

만약 남편이 마신다면 자신이 죽을 지경에 놓이게 될 것이고, 거부하면 음모가 확실해지는 겁니다. 그러면 폐하는 도덕을 짓밟았다는 이유로 남편을 사형에 처할 수 있지 않겠습니까?

어쨌든 황제폐하는 이 못된 배반자를 정당하게 처벌하고 저를 손에 넣을 수 있겠지요."

심부름꾼은 신하의 아내가 말한 것을 하나도 빠짐없이 마음속에 간직하고 황제에게 자세히 보고했다. 이 중요한 사명을 완수한 그녀에게는 후한 상금을 내려주었다.

그 후 얼마 지나지 않아 황제는 그에게 부도덕한 전쟁을 걸어온 이웃 나라를 상대로 큰 승리를 거두었다.

황제는 공을 세운 장군들에게 연금과 새로운 지위를 내려 노고를 치하하겠다고 생각했다. 그는 먼저 저 배신자에게 값비싼 선물을 했다. 이것이 배신자가 준비하고 있는 성대한 만찬회에 황제를 초대할 기회를 주는 빌미가 되었다.

황제가 시치미를 떼고 배신자가 베푸는 만찬회에 참석하자 상쾌하게 울려 퍼지는 트럼펫과 케틀드럼*(kettledrum)*[3] 그리고 오보에 등의 연주 소리가 열렬히 환영했다. 신하는 자신의 배반을 감추기 위해 답례로 황제에게 바칠 우아한 선물을 준비했다. 이윽고 황제는 식탁에 앉았다. 거기에는 온갖 사치를 다한 물건들이 즐비했다. 끊임없이 흐르는 음악은 사람의 마음을 흡족하게 했고 거기에 참석한 모든 사람의 기분을 돋워주었다.

식사가 끝나가자 계획대로 신하가 향기로운 냄새가 나는 크리스털 잔을 금 쟁반으로 받쳐 황제에게 올렸다. 황제가 자연스럽게 그것을 손으로 잡도록.

"폐하, 이것을 보십시오!"

신하가 말했다.

"세상에 유례가 없는 최고로 귀중한 음료입니다. 간을 진정시키고 마음의 모든 조바심을 없애줍니다."

표시가 있는 특이한 쟁반과 큰 잔을 보고 그것이 바로 심부름꾼이 보고했던 음료라는 것을 알아챈 황제는 단호히 거절하며 말했다.

"나보다도 그대야말로 그것이 필요할 걸세. 내가 그대의 아들을 죽음으로 몰아넣었으니 지금 그대 마음도 간도 부글부글 끓고 초조함으로 가득할 것이네. 그러니 내 앞에서 그것을 마시고 그 기쁨을 확실히 누려보게."

신하는 이 대답이 조금 마음에 걸렸으나 정신을 차리고 말했다.

"폐하, 신은 그러한 말씀에 따를 수가 없습니다. 저처럼 변변치 못한 인간이 마시는 것이 아니라 신에게 바치는 넥타(*nectar*)[4]와 같은 것이기 때문입니다. 이 술은 너무나도 진귀하고 소중하기 때문에 이 나라의 사랑과 기쁨의 상징인 폐하와 같은 강력한 군주에게만 어울리는 것입니다."

황제는 대답했다.

"그 술이 그토록 좋은 것이라면 나에게 열의와 애착을 가지고 섬기는 자에게 관대하게 주는 편이 기분이 좋다. 그것을 필요로 하는 사람은 그대이지 나는 전혀 필요가 없도다. 그대에게 도움이 되는 것을 빼앗을 만큼 나는 고약한 사람이 아니라네."

신하는 황제가 독을 먹여 암살하려는 것을 눈치챈 게 아닐까 하고 의심을 품었다. 그는 공포와 혼란에 휩싸여 이렇게 실토했다.

"다른 사람에게 걸었던 올가미에 제가 걸려들었습니다. 그러나 폐하는 늘 엄격하기보다 관용을 좋아하셨습니다. 자랑스러운 폐하의 신체의 안전에 도움이 되는 경고를 보냈다고 간주하시고 저를 용서해주길 간절히 부탁드립니다. 만약 폐하가 누군가 관리의 아들을 사형에 처한 일이 있다면 결코 그 아비를 궁정에 머물게 해서는 안 됩니다.

폐하는 저의 아들에게 사형 판결을 내렸습니다. 죄의 사실은 어쩔 수가 없습니다. 게다가 저를 위해 여러 모로 편의를 봐주신 폐하의 호의에 진심으로 감사드립니다. 그러나 아들의 죽음이 저에게 준 불안은 결코 씻어낼 수 없습니다. 그 후로 뵙기만 하면 이 마음은 오로지 증오로 끓어올라 복수로 내몰릴 뿐이었습니다. 그 결과 아들의 죽음을 복수하려고, 아들의 영혼에 걸고 이 독을 담기에 이르렀던 겁니다."

황제는 신하의 자백에서 자신을 살해할 계획이 충분히 드러났기 때문에 그를 엄벌하여 사형에 처할 수도 있었다. 하지만 그 신하의 영지를 몰수하고 국외로 추방하는 것으로 만족했다. 이것은 무거운 범죄에 비하면 너무나도 관대한 조치였다.

황제는 그의 젊은 아내를 지위가 높은 궁정의 관리와 결혼시켜 자신에게 바친 공을 치하하고 상당한 액수의 연금을 주기로 했다.

정의의 거울

이렇게 은혜를 모르는 신하를 국외로 추방한 뒤, 황제는 이 배반자의 만찬회에서 일어난 자초지종을 알리기 위해 세 형제를 방문하여 그들의 조언을 듣고 극악한 음모에서 살아남은 것에 감사의 뜻을 전했다. 그리고 덧붙여 말했다.

"그토록 어질고 영리하고 현명한 여러분이라면 지금 나에게 큰 고통을 주고 있는 원통함을 분명 쉽게 풀어줄 수 있을 것이다. 여러분의 지식과 애정이 내 생명을 구해준 것을 감안하면 이 부탁을 거절하지 않고 들어주리라 생각하네만……."

젊은 왕자들은 대답했다

"폐하를 위해서라면 열정을 바쳐 도울 것입니다."

황제는 이 말을 듣고 세 사람에게 감사의 말을 전하고는 다음과 같이 이야기를 시작했다.

"이 나라의 선조들로부터 대대로 존경을 받아왔던 옛 현자들이 거울의 형태를 한 보물을 발견하여 '정의의 거울'이라고 이름을 붙였지. 그 거울에는 의견이 다른 두 사람에게 심판을 내려주는 힘이 있었어. 쌍방이 그 거울을 들여다보면 곧바로 어느 쪽이 나쁜지 알려주는 것이지. 부당한 주장을 했던 쪽의 얼굴은 이내 검게 변해버리지만, 옳은 쪽은 변하지 않아 자신의 주장을 계속할 수 있었다네.

얼굴이 검게 된 쪽은 바닥도 보이지 않을 듯한 깊은 구멍에 들어가 빵과 물로 40일 동안 지내야만 원래대로 돌아올 수 있었지. 이 고행이 끝나면 그는 구멍에서 나와 사람들 앞에 모습을 보이게 되어 있었다네. 그러면 사람들이 잘못을 고백하고 신과 판관에게 사죄할 것을 요구했지. 그 후 비로소 원래의 모습으로 돌아올 수 있었네.

이 때문에 누구나 이 판관과 같은 거울을 두려워하며 살게 되어, 정도(正道)에서 벗어나지 않도록 자신의 일에 전념했다네. 이 나라는 물자가 풍부해서 전쟁에 패해 자기 나라를 떠나 이곳으로 온 가난한 사람들도 쉽게 재산을 모을 수 있었지.

이 더없는 행복에 잠겨 있던 이 평화로운 시대에 나라를 다스리던 분은 나의 할아버지였다네. 할아버지에게는 두 아들이 있었지. 나의 아버지와 숙부야. 할아버지가 돌아가신 후 두 사람은 왕위 계승권을 둘러싸고 격하게 대립했다네. 그러나 나의 아버지에게는 왕위를 이을 정당한 권리가 있었기 때문에 그것을 쟁취했지.

마음이 평온하지 않았던 숙부는 '정의의 거울'을 빼앗아 인도로 도망을 가버렸지. 그 나라는 위대한 권력을 가진 여왕이 다스렸는데 나랏일을 한 사람의 대신에게 맡기고 있었다네. 나의 숙부는 그 대신의 환심을 사기 위해서 베람의 나라가 아니더라도 그 힘은 통한다고 하면서 거울을 진상해버렸다네.

해변에 있는 이 나라의 수도의 하늘에 손가락을 편 '오른손'이 떠 있는 것이 누구에게나 보였다네. 그것은 해가 뜨는 것과 동시에 공중에 나타나 밤까지 머물면서 사람을 붙잡아 바닷속에 처넣었어. 이렇듯 괴로움을 당한 백성들은 어떻게든 그 공포에서 벗어나고 싶어 거울을 해안으로 가져왔다네. 그러자 그 괴물은 인간 대신에 날마다 말이나 소를 잡아가버렸어.

이 거울을 빼앗겨 예전의 행복을 잃어버린 우리나라에서는 어떻게 해서든 거울을 되찾아오려고 나의 아버지가 여왕에게 마음을 담은 편지를 사신 편에 보내어 거울을 돌려달라고 부탁했다네. 거기에 꽤 많은 돈도 함께 보냈지.

여왕이 흔쾌히 거울을 반환해주도록, 아버지는 편지에 이러한 의미의 말을 적었어.

'그 거울은 여왕폐하의 나라에서는 그다지 쓸모가 없다고 생각됩니다. 하지만 우리나라에서는 그 현상을 회복하고 예전의 평온을 되가져오기 위해 없어서는 안 되는 것입니다.'

그러나 이 편지는 여왕의 마음을 움직이는 데 아무 효과도 없었어. 그래서 사신은 빈손으로 돌아올 수밖에 없었지. 사신은 궁전으로 돌아와 아버지께 보고했다네.

'그 여왕의 나라에서는 하늘에 떠 있는 오른손 때문에 날마다 한 사람씩 바다에 빠져 죽고 있었는데, 거울의 힘으로 그것을 한 마리의 짐승으로 바꿀 수 있었답니다. 이러한 행운을 입었기 때문에, 황제폐하가 그 오른손의 횡포를 막을 다른 방법을 찾아서 그것이 자기 나라의 큰 불행을 막아주지 않는 한 거울을 돌려주지 않겠답니다. 그것만 들어주면 여왕의 조상은 우리의 조상과 친한 교

류가 있었기에 흔쾌히 거울을 돌려주겠답니다.'

아버님에게는 이 여왕의 요구를 만족시킬 좋은 방안이 없었기 때문에 그 후로도 전혀 사태는 진전되지 않았다네.

그러니 이미 그대들이 보여준 실력이라면 충분히 감당할 수 있을 터이니, 아버님이 아무리 해도 못했던 것을 여러분이 지혜를 모아 해결해준다면 틀림없이 성공할 것이라 생각하네. 그대들이 저 무서운 '오른손'으로부터 여왕의 나라를 구할 수 있다면 얼마나 큰 명성을 얻겠는가? 여왕은 또 얼마나 만족할까? 그녀는 그대들에게 큰 빚을 지게 되었으니 거울을 돌려주었으면 좋겠다는 요구를 거절하지 않을 거야. 우리나라의 평온과 행복을 되찾을 수 있는 길이 그 거울에 달려 있는 거라네. 그대들이 이 부탁을 들어준다면 나는 평생 그대들의 은혜를 잊지 않을 것임을 믿어주기 바라네."

황제로부터 받은 수많은 은혜와 호의가 담긴 선물에 깊이 감동하고 있던 세 왕자는 곧 인도로 떠나 맡은 모든 임무를 완수하겠노라고 약속했다. 황제는 이 대답에 무척 기뻐하며 세 사람을 다정하게 끌어안았다.

다음 날 이른 아침, 젊은 왕자들은 황제에게 이별의 인사를 했다. 황제는 그들에게 여왕에게 보내는 아름다운 선물을 맡기고, 두세 명의 고관을 데리고 수도에서 2리그나 떨어진 곳까지 이 형제들을 배웅해주었다. 세 왕자가 떠나간 뒤 황제는 그들이 무사하기를 신에게 빌었다.

황제는 신의 가호를 의심하지 않았기 때문에 때로는 사냥을 나가거나 때로는 좋아하는 음악을 들으면서 평온한 나날을 보냈다.

미소녀 딜리람

그 무렵, 때마침 상인 한 명이 베람 왕국의 수도를 찾았다.

그 상인은 황제가 목소리가 아름다운 사람이나 빼어난 음색의 악기를 매우 좋아해서, 그것들을 갖고 있는 자에게 꽤 많은 대가를 준다는 것을 알고 있었다. 그는 목소리가 뛰어난 매혹적인 노예가 있음을 황제에게 전하고자 왔던 것이다.

황제는 당장 그 소녀를 데려오라고 명했다.

소녀의 이름은 딜리람*(Diliram)*이라고 하며, 그다음 날 눈부시게 화려한 옷을 입고 황제 앞에 나섰다.

황제는 보기 드문 딜리람의 미모에 경탄을 금치 못했다. 그녀는 아름다움을 돋보이기 위한 장신구가 필요한 뭍 여성들과는 달리, 오히려 장신구가 그녀를 필요로 할 정도로 미모가 빼어났다. 상인으로서는 황제가 보여주는 관심만큼 기쁜 일은 없었다.

황제는 딜리람의 인사를 받은 뒤 노래와 악기를 연주하도록 명령했다.

그녀는 노래를 시작했고, 황제는 너무나 매혹적이고 우아한 그녀에게 다정한 말을 걸지 않고는 배길 수가 없었다. 황제는 눈도

귀도 온통 그녀에게 매료당하고 말았다.

그 후 황제는 상인에게 큰돈을 주고 그녀에게는 호화로운 집을 마련해주었다. 그곳에는 무엇 하나 부족한 것이 없었다. 그녀에게 완전히 빠져버린 황제는 하루라도 그녀를 만나지 않고는 견디지 못했고, 그녀와 이야기하는 것을 그 무엇보다도 큰 즐거움으로 여겼다.

어느 날, 딜리람과 사냥을 나간 황제는 사슴을 발견하고 그녀에게 물었다.

"이 화살로 사슴의 어디를 쏘아 보일까?"

"폐하의 솜씨는 유명하지요." 하고 그녀는 대답했다. "그러니까 폐하께서 하시고 싶은 대로 되지 않겠습니까? 그렇지만 모처럼 물어보시니, 귀와 한쪽 뒷다리를 동시에 쏘아서 꿰뚫어주시면 기쁘겠나이다."

그것은 불가능한 일임을 알면서도 황제는 그 제안에 자기도 모르게 미소를 지었다. 뛰어난 사냥 솜씨를 갖춘 황제는 한 가지 꾀를 내어, 돌을 집어들더니 사슴의 귀를 겨냥해 던져 맞히었다. 그 일격에 아픔을 느낀 사슴은 그런 동물들이 흔히 그러하듯 곧장 뒷다리로 귀를 긁었다. 그 순간 황제는 쇠촉이 달린 화살을 쏘았고, 그것은 곧바로 사슴의 귀와 뒷다리를 동시에 꿰뚫었다.

이것을 본 고관들은 황제의 빼어난 솜씨와 뛰어난 책략에 칭찬을 아끼지 않았다.

황제는 이 놀랄 만한 성공을 기뻐하여 딜리람에게 말했다.

"자, 어떠냐? 나의 귀여운 여인이여, 마음에 드느냐?"

"시시해요, 폐하."라고 그녀는 대답했다. "돌로 나와 사슴을 속이다니요. 폐하와 같은 방법이라면 누구라도 똑같이 할 수 있다고 생각해요."

황제는 칭찬의 말을 쏟아냈던 자들 앞에서 그녀가 너무나도 거리낌 없이 그런 말을 하자 기분이 상했다. 황제는 그녀에게 완전히 빠져 있었음에도 그녀의 발언이 자신의 명예에 관계된 것이었으므로 엄벌에 처해야겠다고 생각했다.

황제가 당장 명령했다.

"이 여자의 손을 뒤로 묶어서 숲속으로 내쫓아라!"

숲은 이곳에서 4분의 1리그 정도 떨어져 있고 그녀는 들짐승에게 잡아먹힐지도 몰랐지만, 모든 일은 순식간에 일어나버렸다.

그러나 두 시간가량 지나자 황제는 이 젊은 여성의 매력에 미련이 남아 마음이 어지러워졌다. '사랑'과 '분노'가 마음속에서 다투고 있었던 것이다.

'사랑'이 말했다.

"사소한 일로 참으로 아름다운 여인에게 저렇게 잔혹한 처사를 한 것은 무분별한 짓이다. 그녀에게 건넸던 수많은 다정한 말을, 그리고 영원한 우애를 맹세했던 것을 생각해봐. 거짓말쟁이나 변덕쟁이는 용납하지 않는다는 너의 신념에 어긋나지는 않는 건가? 이 두 가지는 너의 체면을 구기는 미워해야 마땅한 결점이야.

한 번 더 생각해보는 게 좋을 텐데. 저 다정한 사람을 떠올려봐. 지금 당장 데리러 가라고. 그녀와 재회하는 것이 그렇게 기쁘다면 망설이지 말고 마음을 정해. 그리고 전보다 더 아껴줘. 그러면 네가 저지른 죄는 말끔히 씻어질 거야. 이 둘도 없는 미녀와 지내는 시간은 달콤함으로 가득 찬 복된 시간이 될 거야."

'사랑'의 다정한 말을 듣자 '분노'는 전보다 더 사납게 날뛰며 말했다.

"말도 안 되는 소리! 그녀가 한 짓은 네가 베푼 친절에 걸맞지 않는 배은망덕한 행동이야. 너는 결코 변덕쟁이라느니 너무 엄격하다느니 이런 비난을 받을 이유가 없어. 그녀는 너에 대한 경의와 호의, 나아가 우애가 없을 뿐만 아니라 여러 고관들 면전에서 네 얼굴에 진흙을 바르듯이 너를 욕보이는 짓까지 했다고. 이런 모욕을 당했는데 아무리 분개한들 지나칠까. 이 무례한 처녀를 책망하지 않는 사람은 아무도 없어. 순한 사람조차도 속에서 불끈 치밀어 오른단 말이다. 그녀의 태도는 세상을 정말 짜증 나게 하는 짓이야.

이제 와서 딜리람을 다시 불러온다면 사람들에게 대체 뭐라고 설명할 텐가? 바람마다 방향을 바꾸는 풍향계라고 여기지 않을까? 그러니 마음을 굳게 먹고 저 공정한 명령을 결코 뒤집어서는 안 돼. 그래야만 너는 가까이하기 어려운 존재가 되고, 너를 언짢게 해서는 안 된다는 공포감을 갖고 누구나 맹종하게 된단 말이야."

'사랑'은 이렇게 잔혹한 처사를 납득할 수 없어서 전에 없는 격렬한 태도로 '분노'의 고발에 대항했다. '사랑'은 이 군주의 마음을 모든 방면에서 몰아세워 아주 상냥한 감정을 불러일으켰기 때문에 마침내 '분노'를 이겼다.

황제는 곧 딜리람을 쫓아낸 자들을 숲으로 보내 궁정으로 다시 데려오도록 명령했다.

그동안 이 곱고 젊은 딜리람은 무섭고 두려워 눈물만 흘리고 있었다. 지금 당장 사자나 다른 야수에게 잡아먹힐 것만 같았다.

그러나 어디로 가든 자유였기 때문에 달리고 달려서 다행히도 해가 저물기 전에 큰길로 나올 수 있었다.

어느 쪽으로 가면 좋을까 난감해하는 중에 마침 지나가던 상인의 무리가 그녀 눈에 띄었다. 그 가운데 가장 나이가 많은 사람이 다가왔다. 그녀의 아름다움에 놀라고 그녀의 비참한 모습에 다시 한 번 놀란 그가 가엾게 여겨 묶여 있던 손을 풀어주고 자기의 웃옷을 걸쳐주고 그들이 그날 묵을 숙소까지 데리고 갔다.

그는 그곳에 다다르자마자 따져 물었다.

"네 직업은?"

"……."

"누가 그런 짓을 했지?"

"……."

"대체 무슨 일이 있었던 거야?"

하지만 상인이 알아낸 것은 단지 그녀가 음악을 알며 류트[5]를 연주할 수 있다는 것뿐이었다. 그 상인은 류트를 내밀었다. 노랫가락을 섞어 류트를 타는 그녀의 모습이 어찌나 우아한지 상인은 어느새 넋을 잃고 말았다.

그래서 자식이 없었던 이 상인은 그녀를 양녀로 삼아 자신의 나라로 데리고 가기로 했다.

사냥에서 돌아온 황제는 딜리람을 찾으러 보낸 자들이 돌아오기만을 안절부절못하고 기다리고 있었다. 하지만 정작 그들은 빈 손으로 돌아왔다. 주변을 샅샅이 훑었지만 그녀를 찾지 못했다는 것이다.

황제는 딜리람이 사나운 야수에게 먹혀버렸을지도 모른다고 생각하니 뭐라 말할 수 없는 불안에 사로잡혔다. 그런 나머지 마침내 병으로 몸져누웠고, 상태는 나날이 나빠져서 드디어 의사도 단념할 지경이 되어버렸다.

이렇듯 큰 위기를 맞자 고관들은 대책을 세우고자 회의를 열었다. 토론 끝에 백방의 치료가 소용없기 때문에 의사들을 돌려보내고 단지 식사를 조심하면서 병의 차도를 지켜보기로 하고는, '정의의 거울'을 찾으러 인도로 간 세 왕자의 귀환을 기다리기로 했다.

공포의 오른손

세 왕자는 공포의 '오른손'이 제멋대로 폭력을 행사하는 여왕의 나라에 도착할 참이었다.

국경의 관리로부터, 베람 황제의 사신이 왔다는 전갈을 받은 여왕은 호위대를 보내 그들을 수도로 맞아들였다.

그다음 날, 첫째 왕자는 재상에게 말했다.

"우리는 이 나라를 휩쓸고 있는 공포의 '오른손'으로부터 여왕을 구하기 위해 베람 황제의 나라에서 왔습니다. 성공하는 날에는 '정의의 거울'을 돌려받아 황제에게 돌아가고 싶습니다."

그들이 이 나라에 온 목적을 들은 재상이 여왕에게 자초지종을 설명하자 그녀는 매우 기뻐했다.

다음 날, 그들은 멋진 사륜마차로 영접을 받으며 궁전으로 향했다. 궁전으로 들어가 알현실(謁見室)에 이르기까지 4개의 방을 통과했다. 하나를 지나자 더욱 화려한 방이 차례차례 나타났다. 최초의 방은 실물 그대로인 인물상이 몇 개 있었다. 두 번째 방은 바닥과 천장이 눈부시게 아름다운 은으로, 세 번째는 본 적도 없을 정도로 엄청난 양의 금으로 장식되어 있고 그 대부분은 에나멜을

칠해 반짝거렸다.

네 번째 방은 그 반짝거림으로 보나 그 화려함으로 보나 다른 어떤 방도 이보다 빼어날 수 없었다. 그 방에는 헤아릴 수 없을 만큼 값비싼 갖가지 보석이 가득 차 있고, 다이아몬드와 카방클 *(carbuncle)*[6] 등으로 장식한 빛나는 왕관이 있었다. 방 안의 모든 보석이 한없이 맑디맑은 빛을 발하고 있었기 때문에 캄캄한 밤에도 여러 개의 횃불로 비추고 있는 것처럼 휘황찬란했다.

이 방에서 여왕은 왕자들을 반갑게 맞아 '오른손'을 퇴치해준다면 거울을 돌려주겠다고 약속했다.

알현을 마친 세 사람은 대리석과 벽옥(碧玉)[7], 화반석(花斑石)[8] 등으로 꾸민 홀에 안내되었다. 거기에는 호화로운 연회가 준비되어 있었다. 아름다운 음악소리와 넋을 잃을 정도의 노랫소리가 울려 퍼지는 가운데 대신과 고관들도 자리를 같이했다. 모두 축포와 트럼펫 소리에 맞춰 여왕과 베람 황제의 건강을 기원하며 건배했다. 왕자들이 그곳에서 물러났을 때는 이미 밤이 깊었다.

다음 날 아침, 잠을 푹 잘 새도 없이 일찍 일어난 세 사람은 먼동이 트기 전부터 여왕의 신하들이 '오른손'이 나오기를 기다린다는 바닷가로 나갔다.

바닷가에 다다른 순간, "나왔다!" 하고 외치는 함성이 일제히 터져 나왔다. 악명 높은 바로 그 '오른손'이 손바닥을 펴고 바다 위에 나타난 것이다.

그것을 날카로운 눈빛으로 응시하고 있던 첫째 왕자는 손을 들어 다른 세 손가락은 굽힌 채 두 번째와 세 번째 손가락을 펴 '오른손'에게 보여주었다. 그러자 이제까지 끔찍한 재앙을 일으켜왔던 '오른손'이 금세 바닷속으로 잠겨버리고, 두 번 다시 나타나지 않았다. 그곳에서 이 광경을 지켜보고 있던 사람들은 엉겁결에 눈을 의심했다.

이 전갈을 받은 여왕은 기쁨과 놀라움을 감출 수 없었다. 여왕도 백성도 이것은 인간이 할 수 있는 일이 아니라고 생각하여, 왕자들이 혹시 신들의 화신이 아닐까 하고 믿을 정도였다. 사람들은 그들의 영예를 기려서 조상(彫像) 을 세우려고 했지만 겸허하고 현명한 왕자들은 한사코 만류했다.

여왕은 왕자들이 어떤 비책으로 기적을 가져왔는지 궁금해 첫째 왕자에게 물었다.

"여왕폐하, 저는 오늘 아침 보았던 '오른손'이 하나의 왕국에서는 다섯 사람의 인간이 단결하여 마음을 하나로 하면 충분히 온 나라를 다스릴 수 있다는 신호가 틀림없다고 깨달았습니다. '오른손'은 애써서 그 신호를 보이고 있는데 아무도 그것을 알아채지 못하기 때문에 저런 무모한 짓을 해왔던 것입니다. 이것은 신의 가르침에 의해 알고 있습니다.

그래서 저는 손을 들어 다른 손가락을 굽힌 채 두 번째와 세 번째 손가락을 펴 보였습니다. 그렇게 해야 '오른손'의 위세를 꺾을 수 있었기 때문입니다 결국 '오른손'은 당황한 나머지 바다 밑으로 숨어버렸던 것입니다.

여왕폐하, 저 손은 다시는 나타나지 않는다고 보증합니다. 죄송합니다만, 다섯 명이 단결하면 나라를 다스릴 수 있다는 것은 믿을 수 없고, 제가 이 손으로 보였던 것처럼 둘만으로도 강고하게 마음을 하나로 하면 가능할 것입니다."

이 말을 들은 여왕은 깊이 감동하면서, 아직 잘 알지 못하는 이 세 젊은이는 아마도 틀림없이 고귀한 태생이며 또 거기에 어울리는 정신의 소유자라고 생각했다. 여왕은 그들에게 모든 최고의 영예를 주며 감사의 뜻을 전했다.

"여러분이 나를 위하여 최선을 다해준 것은 결코 잊지 않겠습니다."

왕자들은 궁전에서 가장 훌륭한 방으로 안내를 받았다. 거기에는 여왕의 지시로 각별히 호화로운 만찬회가 마련되어 있었다.

세 사람이 테이블에 앉아 있는 동안 이 나라의 대신들과 여왕은 왕자들이 큰 공을 세운 대가로 베람 황제에게 '정의의 거울'을 돌려줄지 여부를 의논하고 있었다. 가장 나이 든 대신이 먼저 입을 열었다.

"여왕폐하, 오늘 아침 일어난 기적이 폐하를 큰 재앙으로부터 구해낸 것은 의심할 여지도 없습니다. 하지만 그 재앙이 다시 돌아와 새로운 재앙이 덮치지 않는다고 누가 보증할 수 있겠습니까? 그러니 이 사건의 중요성을 감안하면 '정의의 거울'을 반환하기 전에 다시 한 번 잘 생각해봐야 할 것입니다."

"지당한 의견입니다. 그러나……."

여왕은 말끝을 흐리더니 말을 이었다.

"왕자들이 베람 황제의 명령으로 우리를 위한 일을 해낸 이상 우리는 그들에게 만족하지 않을 이유가 없다오. 그러나 당연한 일이지만 저 '오른손'이 이 나라에 다시는 나타나지 않는다는 보증도 없어서는 안 되지요. 거기에 대해서는 나에게 한 가지 확실한 방법이 있습니다."

여왕은 다음과 같이 말을 이었다.

"돌아가신 부왕께서 이 세상을 떠나기 전에 이러한 이야기를 해주셨습니다. '딸아, 너는 내가 세상을 떠난 뒤 이 나라를 이어받게 될 것이다. 그렇게 되면 많은 왕자들이 모두 이 나라의 주인이 되려고 나설 것이 틀림없다. 그러나 이 나라는 힘보다도 사리분별로 다스려야 한다. 그러므로 이제부터 아비가 말하는 두 가지 문제 중 적어도 하나를 푼 자 이외에는 결코 믿어서는 안 된다.'

그리고 그 두 가지 문제를 저에게 주고, '두 가지 문제 중 하나라도 푸는 자라면 망설이지 말고 남편으로 삼아라.'라고 아버님은 몇 번이고 다짐했습니다.

저 세 사람의 젊은이가 세운 공로에 비춰보아, 또 그 태도와 언행을 보아 그들은 어딘가 위대한 나라의 후계자들이 틀림없습니다. 그들이 행한 모든 것들로 미루어 틀림없다고 생각하지만 어디까지나 추측에 지나지 않습니다. 누군가에게 그것을 확인받고 그들이 고귀한 혈통을 가진 분들이라고 판명되면 나는 아버님이 내준 문제를 던져보겠습니다. 그리고 만약 하나라도 풀 수 있다면 그분을 남편으로 택하겠습니다. 그리고 둘이서 나라를 다스린다면 다시는 '오른손'의 재앙을 만날 일이 없겠지요."

대신들이 모두 이 말에 동의하여, 다음 날 대신들 중 한 사람이 이 훌륭한 젊은이들의 내력을 알아보려고 나섰다. 그는 잠시 세 사람과 잡담을 나눈 뒤 이렇게 말을 꺼냈다.

"여러분의 도움으로 우리나라는 '오른손'이 저지른 악몽에서 벗어났습니다. 이것은 오로지 여러분의 비범한 재능과 현명함 덕분이었습니다. 그것에 헤아릴 수 없이 기뻐하는 여왕폐하께서 여러분이 어느 분의 자제들인지 알고 싶어 하십니다. 부디 모든 것들을 감추지 말고 말씀해주시면 좋겠습니다."

그때까지 자기들의 아버지가 누구인지 아무에게도 밝히지 않았던 왕자들은 이렇게 대답했다.

"우리는 가난한 집에서 태어나 운 좋게도 베람 황제의 궁궐에서 봉사하게 되었고, 이 기회에 이런 일을 하도록 분부를 받은 자들입니다."

"여왕폐하를 비롯하여 누구도 지금 한 말을 믿을 자는 없을 것입니다."라고 대신은 대답하고 "여러분의 태도, 용모 그리고 행동거지 모두가 여러분의 태생을 보여주고 있습니다. 핏줄 속을 흐르고 있는 고귀한 피를 드러내고 있지요."라고 말을 이었다.

변명이 궁색해진 왕자들은 어떻게 하면 좋을까 의논했다. 결국

거짓말을 하기보다는 진실을 밝히는 편이 좋다고 판단하고 대신에게 다가가 정체를 밝혔다.

"각하, 우리는 세렌딥이라는 왕국의 왕이신 지아페르의 아들입니다."

그러고는 그 사실이 틀림없음을 선서했다.

여왕의 수수께끼

세 사람의 젊은이가 세렌딥 왕국의 왕자라는 전갈을 받은 여왕은 매우 기뻐했다. 그들 가운데 한 사람과 결혼함으로써 여왕의 나라가 '오른손'의 재앙으로부터 완전히 해방된다고 확신했기 때문이다.

그래서 여왕은 다음 날 세 사람을 불러 정중하게 인사를 한 뒤 이야기를 시작했다.

"베람 황제께서 원하는 거울은 언제라도 여러분에게 돌려드리겠습니다. 황제는 그것을 요구하는 데 가장 어울리는 분들을 보내셨습니다. 저로서도 여러분 이외의 사람에게는 건네줄 생각이 없습니다. 여러분이 저를 도와주기 위해 취한 행위에 대해 제가 품고 있는 존경은 여러분이 세상에서 가장 위엄 있는 나라에서 오신 분들이라는 것을 알고 한층 더할 뿐입니다. 말로 다 표현할 수 없는 이 존경의 마음에서 어떤 중요한 사정이 있어서 여러분의 호의에 의지하고 싶다는 생각이 들었습니다. 관용과 이해를 간절히 부탁드리고 싶습니다. 그러나 제가 그것을 설명하기 전에, 결코 거절하지 않는다고 약속해주시길 미리 부탁드리고 싶습니다."

예의 바를뿐더러 고귀한 이 여인을 어떻게 대해야 할지 잘 알고 있는 왕자들은 "여왕폐하, 무엇이든지 분부해주십시오."라고 정중하게 대답했다.

여왕은 이야기를 이어갔다.

"시험했던 자가 있다고는 들은 바 없지만, 돌아가신 아버님이 창고에 가득 찬 소금을 한 사람이 하루에 먹어 치우는 것이 불가능한 일이 아니라고 말씀하신 것을 들은 적이 있습니다. 재치와 현명함으로 가득 찬 여러분들에게 이러한 믿기 어려운 일이 어떻게 가능한지를 묻고 싶습니다."

"여왕폐하."

막내 왕자가 말했다.

"그것은 폐하가 생각하시는 만큼 어렵지 않습니다. 원하신다면 몇 번이라도 보여드리겠습니다."

여왕은 이 말을 듣고 놀라서 당장 내일 시험해보자고 했다.

다음 날, 그는 여왕에게로 가서 "여왕폐하, 명령을 실행하러 왔습니다."라고 말하고 주머니에서 작은 상자를 꺼내 열더니 그 안에 들어 있는 콩알만 한 금을 먹어 보였다.

그의 행동을 지켜보던 여왕은 웃음을 터뜨리며 말했다.

"그런 것이 아닙니다. 제가 말한 것은 창고에 가득 쌓인 소금입니다."

"그것은 지금 보여드린 것보다 훨씬 더 쉬운 일입니다."

막내 왕자는 아무런 망설임도 없이 대답하고는 소금창고로 가 보자고 했다.

왕자는 창고 관리와, 무슨 일이 일어날까 지켜보는 증인들과 함께 창고에 들어갔다. 막내 왕자는 손가락 끝에 침을 묻혀 소금을 찍어서 세 알의 소금을 핥았다. 그러고는 할 일이 끝났다는 듯이 증인들에게 창고 문을 닫게 했다. 증인들은 적이 당황했다. 왕자가 약속을 이행했다고는 도저히 생각할 수 없었기 때문이다.

왕자는 "여러분이 본 것을 여왕폐하께 보고해주십시오."라고 말하고는, "제가 이렇게 한 이유는 따로 폐하께 설명해드리겠습니다."라고 덧붙였다.

보고를 받은 여왕은 막내 왕자를 불러, 도대체 두세 알의 소금만을 먹고 어떻게 약속을 지켰다고 할 수 있는지 물었다.

막내 왕자는 이렇게 대답했다.

"친구와 세 알의 소금을 먹고 그 우정을 증명했음에도 불구하고 그 친구에게 못된 짓을 한다면 그는 세상의 소금을 다 먹는다 해도 그 우정의 소중함을 알지 못하겠지요. 저는 세 알의 소금을 먹은 것만으로 폐하에 대한 존경과 사랑 그리고 존중하는 마음을 충분히 느낄 수 있었습니다."

이 대답을 들은 여왕은 기쁨을 감출 수가 없었다. 왜냐하면 이 답이야말로 바로 그녀가 돌아가신 부왕에게서 들은 것이었기 때문이다. 동석한 사람들은 모두 여왕을 뒤따라 칭찬의 소리를 높였다.

더욱 흥미를 느낀 여왕은 또 다른 제안을 했다.

"여기에 또 하나의 수수께끼가 있습니다. 그것을 풀어주실 수 있다면 그만큼 기쁜 일은 없을 겁니다."

"여왕폐하, 폐하께서 만족하시도록 풀어보겠으니 어떤 수수께끼인지 들려주시면 영광이겠습니다."

여왕은 재상과 이 젊은 왕자만 남겨두고 모두 물러가게 하고는 작은 상자에서 다섯 개의 달걀을 꺼내 왕자에게 말을 걸었다.

"이것을 하나도 깨뜨리지 않고 세 사람에게 공평하게 나눠주십시오. 만약 그것이 가능하다면 이 세상에서 당신에게 비할 사람은 아무도 없다고 말할 수 있겠네요."

"이러한 사소한 것에 대해 너무나도 과분한 칭찬의 말씀입니다만, 당장 답을 보여드리겠습니다."

왕자는 다섯 개의 달걀 중 세 개를 여왕 앞에, 하나를 재상 앞에, 그리고 마지막 하나를 자기 앞에 두었다.

"보십시오, 폐하." 하고 그는 말했다.

"하나도 깨지 않고 균등하게 분배했습니다."

여왕은 이 답을 금방은 이해할 수 없어 설명을 구했다.

왕자가 대답했다.

"폐하, 분배는 평등해야 합니다. 재상각하는 태어나면서부터 두 개가 몸에 달려 있고 저도 마찬가지입니다만 여왕폐하에게는 그것이 없습니다. 황송하오나 폐하가 주신 다섯 개 가운데 세 개를 폐하께 드리고 한 개를 재상에게, 그리고 남은 한 개를 제가 가졌습니다. 따라서 이만큼 공평한 분배는 없습니다."

왕자의 익살맞은 대답에 재상은 웃음을 터뜨렸고, 여왕은 조금 민망해하긴 했지만 매우 기뻐하며 흡족해했다. 잠시 후 왕자는 기분 좋은 분위기로 가득 찬 방에서 물러났다.

재상과 둘이 남게 된 여왕이 재상에게 말했다.

"위대한 왕의 아들인 저 왕자들은 내가 낸 어려운 문제를 저토록 멋지게 풀어 보여주었습니다. 그러니 저는 돌아가신 부왕의 조언에 따라 그들 가운데 한 사람을 남편으로 정하려고 합니다."

그리고 그 상대는 대단한 현명함과 호감을 갖고 저 소금 문제를 풀어 그녀를 만족시킨 그였으면 좋겠다는 생각을 털어놓았다.

재상이 그 선택에 찬성하자 여왕은 명령을 내렸다.

"내일 아침, 왕자들에게 가서 부왕이 돌아가시기 전에 했던 조언에 따라 소금 문제를 푼 그를 저의 배우자로 삼고 싶다고 전해 주세요."

재상은 약속시간에 왕자들을 만나러 갔다. 재상은 그들의 공적에 대해 여왕이 품고 있는 존경심을 전한 뒤, 여왕이 소금 문제를 훌륭하게 푼 막내 왕자를 남편으로 맞고 싶어 한다고 전했다.

이 제안을 들은 왕자들의 기쁨은 대단한 것이었다. 그것을 받을 것인지 말 것인지 의논하고 나서, 막내 왕자가 재상에게 대답했다.

"저도 두 형도 함께 궁전에서 평소부터 여왕폐하께서 주신 영예에 대단히 감사하고 있습니다. 저는 매우 기쁜 마음으로 폐하의 요청을 받아들이고 싶습니다. 그러나 무슨 일을 하더라도 결단하기 전에 부왕에게 알려드리지 않으면 안 됩니다. 그러하오니 일단 돌아가 아버지의 허락을 얻은 뒤 결혼하겠습니다."

재상이 이 대답을 여왕에게 전하자, 여왕은 왕자들을 불러서 은밀하게 약혼식을 하고 베람 황제에게 돌려줄 '정의의 거울'을 건넸다. 그러고는 어서 돌아가 부왕의 허락을 받고 조속히 귀국하여 결혼식에 참석하기를 기원했다.

'정의의 거울'을 손에 넣은 왕자들의 머릿속엔 벌써부터 떠날 생각밖에 없었다.

다음 날, 세 왕자가 여왕에게 작별 인사를 하러 가자 여왕은 따뜻한 말을 건네며 그들과 부왕 그리고 베람 황제에게 줄 선물을 전했다. 여왕이 마음에 둔 막내 왕자에게 줄 선물 꾸러미에는 아름답기 그지없는 다이아몬드, 루비, 에메랄드 그리고 그녀의 머리카락을 섞어서 짠 팔찌 따위가 들어 있었다.

왕자들이 흡족한 마음으로 여왕에게 작별을 고하자, 많은 귀족들이 그들을 뒤따라 국경까지 배웅했다.

황제의 병

세 왕자는 베람 황제 나라의 국경에 도착하자 수도로 급사를 보내 도착을 알리고, 황제가 그동안 애타게 기다리고 있던 거울을 다시 가져왔다는 소식을 전했다.

오랫동안 앓아누웠던 황제는 이 전갈을 받고 기운을 차렸다. 단지 거울을 돌려받았기 때문만이 아니라, 왕자들이 빼어난 직관으로 자신이 앓고 있는 병의 치료법을 찾아주길 바랐기 때문이다.

수도에 도착한 왕자들은 먼저 재상을 만나, 사신으로서의 사명을 완수했다고 보고했다. 그러고는 자신들이 지아페르 왕의 아들이라는 것을 밝히고 인도 여왕과 약혼했다는 사실도 전했다.

모든 보고를 받은 황제는 재상에게 명하여 그들을 불러들였다. 황제는 세 사람과 다시 만난 것뿐만 아니라 세 사람이 누구의 아들인지를 알았고, 청혼까지 받았다는 말을 듣고 매우 기뻐했다. 하지만 그는 얼른 안색을 바꾸며 말했다.

"매우 기쁘지만, 귀하들이 지혜를 빌려주지 않으면 나는 곧 죽게 될 것이다."

놀란 왕자들은 혼신을 다해 일하겠다고 답하고, 병이 든 이유를 물었다. 황제는 딜리람과 그녀에 얽힌 사건에 대해 자초지종을 이야기했다.

"그 정도의 일이라면." 하고 첫째 왕자가 말했다.

"치료법을 찾는 것은 어렵지 않습니다. 적어도 병마를 꺾을 수는 있겠지요. 폐하는 황도 옆에 상쾌하고 경치가 아름다운 드넓은 영토를 갖고 계십니다. 건강을 회복하시려면 그곳에 각양각색의 아름다운 궁전 일곱 개를 짓는 것이 좋을 것입니다. 월요일부터 일요일까지 하루 동안 각 궁전에 머무르며 일주일을 보내시는 겁니다."

"명령을 내리셔서." 하고 셋째 왕자가 끼어들었다.

"폐하는 일곱 개의 뛰어난 왕국에 일곱 사람의 사신을 보내십시오. 각국의 위대한 왕들의 아름다운 공주를 초대하여 각각의 궁전에 한 사람씩 머물게 하는 것입니다. 그렇게 하면 폐하는 일주일 동안 그녀들과의 이야기를 즐길 수가 있을 것입니다."

그러자 둘째 왕자가 여기에 덧붙였다.

"그리고 이 나라의 일곱 개 큰 도시에서 한 사람씩 이름난 이야기꾼을 궁전으로 불러들여 그들에게 이야기를 하도록 하는 것입니다. 그러면 그들이 해주는 즐거운 이야기가 폐하의 불쾌한 기분을 훌쩍 가시게 해줄 것입니다."

황제는 이 젊은 왕자들의 세 가지 제안을 즉시 실행에 옮기도록 신하에게 명했다. 백성들이 온 힘을 바쳐 일한 덕분에 일곱 개의 궁전이 동시에 완성되었다. 궁전의 모양새는 제각기 달랐고 가구 또한 다양했다. 하나하나가 매우 아름다워 걸작으로 불리기에 손색이 없었다.

마치 궁전이 완성되기를 학수고대한 것처럼 공주와 이야기꾼이 도착했다. 각 궁전에는 공주와 이야기꾼이 한 사람씩 배치되고, 그들에게는 몇 개의 방과 심부름꾼들이 배정되었다.

먼저 황제는 가마를 타고 첫 번째 궁전으로 들어갔다. 가구는 은으로 짠 천으로 장식되어 있었다. 황제를 모시고 간 일행들도 은으로 짠 의복을 휘감고 있었다. 황제는 도착하자 곧 긴 의자에 가로누웠다. 병 때문에 기력이 쇠진한 바람에 앉아 있으면 심한 통증을 느꼈기 때문이다.

그 궁전을 배정받은 공주가 나타나 서로 인사를 나누고, 그녀는 황제에게 갖가지 즐거운 화제를 던지며 종일 곁에서 시중을 들었다. 저녁이 되자 그녀는 자신의 방으로 물러가고, 그 대신 이야기꾼이 나타나 이야기를 시작했다.

첫 번째 이야기; 영혼을 바꿔 넣는 기술

베케르*(Beker)*라는 나라를 다스리는 오지암*(Ozjam)* 왕에게는 네 명의 아내가 있었다. 그중 한 사람은 자기의 조카이며, 나머지 세 사람은 이웃나라 위대한 왕들의 딸이었다.

오지암 왕은 유식했기 때문에 학자를 좋아하여 자신의 영지에 있는 자라면 신하든 외국인이든 궁전으로 불러 저택에 머물게 했다. 이렇듯 왕이 관대하였으므로 나라에서 가장 뛰어난 사람들이 언제나 그의 곁에 모여들었으며, 왕은 그 학자들과 아주 이상한 문제들을 놓고 자주 이야기를 나누곤 했다.

어느 날 자연의 수수께끼를 잘 푸는 현자와 이야기하던 중에, 어느덧 영혼을 바꿔 넣는 신기로움이 화제가 되었다. 그것을 의아하게 생각하던 왕은 그에게 의견을 구했다. 오로지 왕을 즐겁게 해주려고 마음먹고 있던 그 현자는 이렇게 대답했다.

"폐하, 저의 생각을 듣고 싶으시다면 세상의 모든 이론들보다 더 강력한 실제를 하나 말씀드리겠습니다. 폐하께서는 이것만큼 경탄할 일은 본 적이 없으실 것입니다."

현자는 말했다.

"한때 저는 여행이 하고 싶어 서쪽 지방을 방문하기로 했습니다. 매우 영리하고 아주 예의 바른 젊은이와 함께 길을 나섰습니다. 도중에 여행을 즐겁게 하려고 서로 화제를 바꾸어가며 이야기꽃을 피웠습니다. 그중에서도 자연계에서 가장 주목해야 할 것이 무엇인지를 서로 이야기했습니다. 그 이야기를 하는 동안, 그는 그때까지 본 적도 없고 생각지도 못한 기술을 쓸 수 있다고 말을 꺼냈습니다. 저는 그 말에 놀라, 그게 무엇인지 말해달라고 부탁했습니다. 그러자 그는 이렇게 말하는 것입니다.

'저는 죽은 동물도 되살릴 수 있습니다. 어떤 말을 외치고 나서 사체에 다가가면 저의 영혼이 그곳으로 들어가 생명을 주고 얼마 동안 그곳에 머물 수가 있습니다. 그리고 자기의 거죽으로 돌아오면 저는 되살아나고 그 동물은 원래의 사체로 돌아가는 것입니다.'

그런 일은 있을 수 없다고 생각했는데, 제가 의심하고 있다는 걸 눈치챈 젊은이는 그 자리에서 바로 그 기술을 보여주었습니다. 폐하, 저는 그렇게 놀랐던 적이 없습니다. 그래서 젊은이로부터 그 비밀을 캐내려고 몇 번이고 졸랐습니다. 젊은이는 저를 무지하게 애태운 끝에 마침내 그 비밀을 알려주었습니다."

오지암 왕은 이 이야기를 믿을 수 없었으므로 현자의 말을 가로막고 말했다.

"그런 이야기는 도무지 믿어지지 않는다. 지금 내가 놀림을 당하고 있는 게 아니냐?"

현자는 잠시 생각을 하고 나서 "그렇지만……."이라고 덧붙여 말했다.

"그것이 정말이라고 나를 설득하고 싶다면 지금 여기서 그걸 보여주게. 만약 성공한다면 믿을 수밖에 없겠지."

하지만 현자는 자신이 있었기 때문에 아무 동물의 사체나 갖고 오도록 청했다.

잠시 뒤 시종이 한 마리의 제비 사체가 담긴 쟁반을 들고 왔다. 현자가 그 위에서 무언가 말을 중얼거리자마자 그는 빈 거죽만 남은 채 쓰러졌고, 그 대신 제비가 되살아나 방 안을 날아다니기 시작했다. 얼마 후 제비는 현자의 빈 거죽에 앉아 즐거운 듯이 지저귀기 시작했다. 그런가 했더니 갑자기 현자는 되살아나 일어서고 제비는 다시 원래의 사체로 돌아갔다.

오지암 왕은 크게 놀랐고 당장 이 경이로움에 매혹되어 그 비밀을 알고 싶다고 간절히 부탁했다. 현자는 왕의 명령을 절대로 거절할 수 없었기 때문에 모든 것을 털어놓았다.

왕은 이 비밀을 시험해보았다. 작은 새의 사체를 가져오도록 한 뒤 주문을 외우자 왕의 몸에서 영혼이 빠져나가 작은 새의 사체

속으로 들어갔다. 그 뒤 영혼이 원래 몸으로 돌아오자 왕은 되살아나고 작은 새의 사체는 버려졌다.

왕은 새가 되어 날아다니면서 백성들의 삶을 살펴 악인을 벌하고 선인에게 상을 내렸다. 이렇게 해서 베케르 왕국은 아무 탈 없이 평온하게 지켜졌다.

그런데 이 모든 과정을 알고 있는 대신이 있었다. 자신이 왕의 두터운 신임을 받고 있다는 것을 알고 있던 그는 그 비밀을 알고 싶다고 계속 왕을 졸랐다. 왕은 그 대신이 평소에 자신을 잘 섬겨 총애하였으므로 쉽게 비밀을 털어놓고 말았다.

대신은 이 비밀을 시험하여 틀림없다는 것을 확인하자, 이번에는 왕을 죽여버려야겠다는 무서운 생각을 하게 되었다.

어느 날, 사냥을 하러 나간 왕과 대신은 시종들과 떨어져 있을 때 두 마리의 암사슴을 발견하고 활을 쏘아 죽였다. 대신은 예전부터 세워두었던 계획을 실행에 옮길 둘도 없는 기회라고 생각하고 왕에게 말했다.

"폐하, 만약 좋으시다면 잠시 이 두 마리 암사슴에게 옮겨가시지 않겠습니까? 저 멀리 보이는 언덕 위를 달려보면 얼마나 즐거울까요!"

"그래? 그것 좋은 생각이네. 나부터 하지."

왕은 이렇게 말하더니 말고삐를 나무에 맨 다음 활로 쏘아 죽인 암사슴에게로 다가갔다. 그리고 주문을 외웠다. 그러자 왕의 영혼이 사슴에게로 옮겨가고 왕의 몸은 빈 거죽만 남았다.

이것을 본 대신은 곧 말에서 내려 주문을 외운 뒤 영혼이 되어 왕의 거죽 속으로 들어갔다. 그리고 왕의 말을 타고는 시종들을 찾지도 않고 또 도중에 그들과 만나지도 않고 왕의 몸과 옷차림인 채로 궁전으로 돌아왔다.

궁전에 도착한 이 가짜 왕은 사냥을 갔던 시종들에게 대신의 소식을 물었다. 그러나 아무도 보지 못했다고 하기에, 아마도 숲에서 길을 잃어 사자에게 잡아먹혔나 보다고 매우 유감스러워하는 모습을 내비쳤다.

그러나 하나의 범죄는 그다음 악으로 가는 길목을 여는 것이다.

어느 날, 왕과 네 명의 왕비가 함께 있을 때 일이 생겼다.

가짜 왕은 무례하게도 오지암 왕의 조카딸이자 왕비 중 한 명에게 유혹의 말을 건넸던 것이다. 하지만 그녀는 자신을 껴안는 그의 행동거지가 평소의 왕과는 다른 것이 마음에 걸렸다. 그녀는 왕이 다른 동물에게 영혼을 옮길 수 있다는 것을 알고 있었다. 그렇다면 대신이 사냥 후에 모습을 보이지 않는 것도 관계가 있다고 생각하여, 저 대신의 계략 때문에 왕이 궁지에 몰린 것이 틀림없다고 확신했다. 그래서 대신이 왕의 몸과 옷차림을 하고 있다고 해도 그가 손가락 하나 대지 못하게 했다. 그러나 대신의 음모를 짐짓 눈치채지 못한 척했다.

"폐하, 어젯밤에 아주 무서운 꿈을 꾸었습니다. 저의 마음은 지금도 공포에 가득 차 말이 나오지 않지만 단 한 가지 말할 수 있는 것은, 저는 꿈속에서 남자들과는 친하지 않겠다는 굳은 맹세를 했다는 점입니다. 그러니 저에게 가까이 오지 않도록 부탁드립니다. 가까이 오신다면 이 자리에서 당장 자결하겠습니다."

이 말을 들은 가짜 왕은 심하게 동요했다. 왜냐하면 그는 아름다운 이 왕비를 열정적으로 사랑하고 있었기 때문이다. 그는 왕비의 마음을 상하게 하고 싶지 않았으므로 단둘이 만나는 것은 삼가고 단지 다른 왕비들과 함께 있는 그녀를 바라보며 그 매력에 잠기는 것으로 만족했다. 그렇게 하면 왕비의 냉담함이 조금 누그러져서 적어도 자신의 손이 미치는 범위에 머무르며 멀리 가버리는 일은 없을 것이라고 생각했다.

이 가짜 왕은 왕비뿐만 아니라 다른 누구로부터도 호감을 얻지 못했다. 그래서 그는 자기에게 충성을 서약하는 자가 있으면 누구든 덮어놓고 기뻐하며 공적과 계급에 따라 보상해서 감사를 표함으로써 신하들이 그에게 열의와 애정을 보이게 하였다.

이렇듯 가짜 왕이 왕위의 달콤함을 맛보는 동안 암사슴으로 모습이 바뀐 진짜 왕은 세상의 모든 불행을 맛보고 있었다. 왕은 온갖 들짐승에게 물리고 쫓기는 바람에 몹시 지쳐버렸다. 낙심한 왕은 늘 다른 동물의 무리를 피하면서 살아가지 않으면 안 되었다.

어느 날, 암사슴이 된 왕이 들판을 헤매다 죽은 앵무새를 발견했다. 그는 자신의 영혼이 이 앵무새 사체 속으로 들어간다면 훨씬 즐거운 생활을 할 수 있으리라 생각하고 주문을 외쳐보았다. 그러자 왕의 영혼은 곧 앵무새의 몸속으로 들어갈 수 있었다. 그는 날아오를 듯이 기뻤다.

이리하여 앵무새가 된 왕은 여기저기를 날아다니다가 사냥꾼이 들새를 잡기 위해 올무를 놓고 있는 모습을 보았다. 왕은 만약 이 사냥꾼에게 붙잡힌다면 자신을 인간의 모습으로 돌려줄지도 모른다는 생각에 마음이 설렜다. 그래서 앵무새는 스스로 올무에 걸려 다른 새들과 함께 붙잡혔다. 사냥꾼은 새들을 잡아 큰 새장으로 옮기고 새로운 올무를 놓으러 들판으로 돌아갔다.

이 세상의 어떤 새보다도 지혜가 뛰어난 이 앵무새는 새장의 문을 잠근 조그만 못을 재빨리 빼내고 문을 연 뒤 모든 포로들을 자유롭게 해주었다. 들새들은 곧바로 도망쳐 날아갔다. 왕은 나중 일을 운에 맡긴 듯 홀로 새장에 남았다.

잠시 후 돌아온 사냥꾼은 텅 빈 새장에 앵무새만 남아 있는 것을 보고 깜짝 놀라 도망치지 못하도록 새장을 잠그려고 했다. 그때 앵무새가 사람의 언어로 말했다.

"도망가지 않아요."

남자는 아까보다도 더 놀라서 펄쩍 뛰었다. 갓 붙잡은 앵무새가 그런 말을 하리라고는 꿈에도 생각하지 않았던 것이다. 이미 도망간 새들 따위는 어찌 되어도 상관없었다.

남자는 이 앵무새만 있으면 돈을 벌 수 있다고 생각했던 것이다. 그래서 들새 잡는 일을 그만두고 올무를 가지고 마을에 있는 자기 집으로 향했다. 가는 길에도 남자는 몇 번이나 앵무새에게 말을 걸었는데, 그때마다 훌륭한 대답이 돌아왔다. 마을에 도착한 그는 큰길에서 이런저런 친구들과 만날 때마다 발길을 붙잡고 자신이 얼마나 놀랄 만한 행운을 만났는지 자랑했다. 그러고 있는 중에 그리 멀지 않은 곳에서 무언가 큰 소동이 일어난 것 같았다.

앵무새가 그 원인을 알고 싶어했으므로 남자가 들으러 가니, 젊은 남녀가 정신없이 싸우고 있었다. 이야기에 따르면, 그 여자는 아침에 일어나자 남자로부터 100크라운[9]을 빌린 꿈을 꾸었다고 남자에게 말했다고 한다. 남자가 무심코 자기 돈을 확인해보니 마침 100크라운이 부족했다. 전날 써버렸다는 것을 말끔히 잊어버린 남자는 여자에게 그 100크라운을 돌려달라고 했다. 여자가 깜짝 놀라면서 그것은 꿈속의 일이었다고 말했지만 남자는 막무가내였고, 그래서 싸움으로 번져버렸다.

앵무새는 그 이야기를 듣고 그들이 곁에 오면 당장이라도 중재해주겠다고 말했다. 사냥꾼은 앵무새가 똑똑하다는 것을 잘 알고 있었으므로 새장을 친구들에게 맡겨두고 싸우고 있는 두 사람에게로 달려갔다. 그러고는 두 사람의 손을 잡고 앵무새가 있는 곳으로 데리고 와서 말했다.

"이 녀석에게 맡기면 두 사람이 만족할 수 있는 해결책을 내줄 거요."

와글거리던 구경꾼들은 이 앵무새 주인의 말을 믿지 않고 그 제안에 크게 웃어버렸다. 하지만 여자는 그 기적과 같은 이야기에 호기심을 품고 상대방 남자에게 말했다.

"당신이 이 새가 말하는 대로 해도 좋다면 나는 찬성입니다."

그러자 남자도 호기심이 발동했는지 고개를 끄덕였다.

앵무새는 두 사람을 곁으로 불러 탁자와 한 장의 거울을 가지고 오라고 말했다. 물건들이 준비되자 탁자는 새장 앞에, 거울은 그 위에 놓도록 했다. 그리고 여자에게 남자가 원하는 100크라운을 탁자 위에 놓도록 했다. 그러자 남자는 돈을 받을 수 있다고 기뻐하고, 여자는 빼앗기는 게 아닌가 하고 파랗게 질렸다. 하지만 그와는 정반대의 일이 벌어졌다.

앵무새는 남자에게 "책상 위의 100크라운에 손을 대서는 안 된다."라고 말했다.

"네가 손을 대도 되는 것은 거울 속에 비친 돈뿐이다. 100크라운은 꿈속의 이야기이기 때문에 네가 손에 넣는 것도 환상의 돈이어야만 한다."

와글거리던 사람들은 깜짝 놀라 눈을 동그랗게 떴다. 이성이 없는 새가 이렇게 똑똑한 판결을 내리리라고는 생각지 못했던 것이다.

이 이야기는 곧 온 마을에 퍼졌고, 오지암 왕비의 귀에까지 닿았다. 그녀는 곧 남편인 왕의 영혼이 그 앵무새 속에 들어가 있는 거라고 확신하고, 그 사냥꾼과 앵무새를 당장 데리고 오도록 명령했다.

남자가 눈앞에 나타나자 왕비는 그 남자에게 앵무새의 화술과 능력에 관해서 물었다. 그가 있는 그대로 이야기하자 왕비는 다시 물었다.

"그것을 팔지 않겠는가? 그대가 생계를 유지하기 위해 새를 잡는 것보다 더 나은 생활을 보장하겠다. 다시 말하면 부자가 되도록 해주겠다."

남자가 대답했다.

"언제라도 저나 앵무새는 왕비님에게 도움이 되고 싶은 마음밖에 없는 종에 불과합니다. 왕비님에게 선물을 바치는 명예는 이 세상 모든 것보다 훨씬 나은 것입니다. 그 밖에 어떤 대가도 바라지 않습니다."

왕비는 남자가 이렇게까지 훌륭하고 넓은 마음을 지닌 것에 크게 놀랐다. 그리고 그가 남은 생애를 고생 없이 살 만큼의 연금을 주기로 했다.

앵무새가 갇혀 있던 새장은 별로 특별한 것이 없었기 때문에 왕비는 공들여 새로운 새장을 만들도록 명했다. 바깥쪽은 별갑(鼈甲)[10]으로, 안쪽은 금으로 장식한 새장이 완성되었다. 새장은 밤에도 따뜻하도록 금박으로 장식한 벨벳으로 에워쌌고, 게다가 시끄러운 소리가 들리지 않도록 넓은 방에 두었다. 그 방의 벽에는 외로움을 느끼지 않도록 거울을 붙였고 바닥과 천장에는 앵무새의 눈을 즐겁게 하기 위해 나무와 꽃과 과일이 그려져 있었다.

왕비는 직접 앵무새를 돌보았다. 앵무새의 생활이 더욱 즐거워지도록 최고의 물건들을 넣어주었다. 왕비는 그것만으로 성이 차지 않아 세이렌(*Seiren*)[11]도 울고 갈 가수를 불러들였다. 몇 가지 악기와 아름답게 조화를 이룬 노랫소리는 모든 사람들의 마음을 밝게 해주었다. 그 매혹적인 선율을 방해하지 않으려고 듣는 사람들은 숨을 쉬는 것마저 참을 정도였다.

앵무새에게 말로는 표현할 수 없을 만큼 깊은 애정을 품고 있던 왕비는 모든 노력을 기울여 앵무새를 즐겁게 해주었고, 촌각의 시간도 아껴서 다정함을 보여주었다. 앵무새는 더없이 기쁘게 생각했다. 그중에서도 왕비와 보낸 두 달 동안 왕비가 가짜 왕을 한 번도 가까이하지 않은 것이 그를 특히 기쁘게 했다. 그래서 앵무새는 가짜 왕이 후하게 대접받고 있지 않으며, 왕비는 남편에게 서약한 성스러운 불꽃을 마음속에 간직하고 있다는 것을 알았다.

어느 날 아침, 앵무새가 기지를 발휘하며 왕비와 이야기를 하니 "정말, 아름다운 앵무새 씨." 하고 그녀가 말했다.

"네가 매일 이해하기 쉽도록 똑똑하게 얘기해주니 네가 이성을 갖지 못한 생물이라고는 도저히 생각되지 않는구나. 자꾸 생각해 봐. 너는 누군가 위대한 사람의 영혼을 가지고 있고 마법으로 앵무새로 변해버린 것이 아닌가 하고. 자, 부탁이야. 지금 바로 자세히 이야기를 해주렴."

왕비의 사랑과, 그녀를 향한 애정 때문에 더 이상 정체를 감출 수 없다고 생각한 앵무새는 크게 한숨을 쉰 후 믿을 수 없는 대신의 배반에 관해 고백하기 시작했다.

왕비는 눈물을 머금으며 말했다.

“이전부터 그가 나에게 사랑을 표현할 때의 무례한 모습을 보고 그런 의심을 갖고 있었습니다. 그렇지만 저는 늘 그를 거부하고, 너와 어울릴 바엔 차라리 죽는 게 낫다고 말해주었습니다.”

“왕비여, 나는 매우 만족한다네.”라고 앵무새는 대답했다.

“그대의 마음이 따뜻하고 영혼이 아름답다는 걸 알겠소. 그대의 미덕에 조금이라도 흠집을 낼 수 있는 것은 이 세상에 없고, 네가 지닌 애정이 손상되는 일도 없을 것이오. 난 그걸 잘 알고 있소. 하지만 그것만으로는 아직 부족하지. 나는 어떻게든 원래의 모습으로 돌아가 저 배반자에게 복수를 해야만 만족할 수 있소.”

이 말을 듣고 크게 기뻐한 왕비는 어떻게 하면 좋을지 앵무새에게 다시 물었다.

“그러려면…….” 하고 앵무새는 대답했다.

“저 불쌍한 놈이 그대의 사랑을 얻을 수 있다는 희망을 품도록 구슬리는 것이오. 그자는 자신이 진짜 왕인 양 자신감에 넘쳐 있으니 쉽사리 그대를 믿고 허물없이 대할 것이오. 그때 이렇게 말하시오. ‘저는 실로 불행합니다. 당신이 좋은데도 예전처럼 사랑할 기분이 들지 않습니다. 이전에는 당신이 생각한 대로 동물로 모습을 바꾸어 즐기는 것을 자주 보았는데, 요즘은 좀처럼 그런 모습을 보이지 않는 까닭이 무엇인지 큰 의혹에 싸여 있기 때문입니다.'

그자는 그대의 사랑을 갈망하고 있고, 자신이 진짜 왕이라는 것을 그대에게 납득시키고 싶어 하니 반드시 그대의 말을 따를 것이오. 곧 자신의 영혼을 어떤 생물의 사체에 넣어 보일 것이 틀림없소. 그것이 다시없는 복수의 기회요. 그의 영혼이 빠져나오면 당장 이 새장의 문을 열도록 하시오. 나는 곧바로 그자의 사체로 날아가 영혼을 불어넣겠소. 그러면 나는 본디의 모습을 찾고 우리는 예전처럼 즐거운 인생을 보낼 수 있을 거요."

왕비는 가슴 뛰는 희망에 매혹되어 오로지 이 계획이 성공하기만을 빌었다.

얼마 지나지 않아 신이 좋은 기회를 내려주었다. 어느 날 밤, 왕비가 혼자 방 안에 있을 때 가짜 왕이 들어왔다. 그는 왕비에게 친절한 말을 퍼부었고, 그녀는 즐거이 듣는 척했다. 이야기가 끝나자 왕비는 짐짓 진지한 자세로 앵무새가 가르쳐준 대로 말한 뒤 이렇게 말했다.

"당신이 진짜 남편이 아니라는 의심이 들지 않았다면 저는 일찍이 당신에게 몸을 허락했겠지요. 그러니 그 의심을 없애 저의 고통을 덜어주신다면 평생의 소원을 이룬 것으로 믿어 의심치 않겠습니다."

가짜 왕은 왕비의 호의를 얻는 것밖에 다른 생각이 없었기 때문에 바로 이때라는 듯이 입을 열었다.

"틀림없이, 왕비……. 이토록 오랫동안 그대가 가당치 않은 의심을 품고 나의 명예를 손상시키고 있었다니 뜻밖이오. 그저 한마디라도 그렇게 말해주었더라면 곧바로 그대를 납득시켰을 텐데……. 보면 알 것이오. 당장 닭 한 마리를 가지고 오도록 하시오. 그대의 악몽을 깨뜨려 보여주겠소."

시종이 닭 한 마리를 방으로 대령했다. 시종이 물러가자 두 사람은 앵무새가 있는 옆방으로 들어갔다. 가짜 왕이 닭을 죽이고 자신만만하게 주문을 외치자 그의 영혼은 닭의 몸속으로 들어가고 바닥에는 그의 거죽만 남았다. 이것을 본 왕비는 기회를 놓치지 않고 얼른 새장의 문을 열었다. 재빠르게 그의 거죽에 날아가 앉은 앵무새는 주문의 힘으로 자신의 영혼을 그 속으로 넣었다. 그리고 앵무새는 그 자리에서 죽어버렸다. 왕비는 원래의 모습이 된 남편을 보고 기쁨의 눈물을 흘렸고 두 사람은 서로 다정하게 껴안았다.

원래의 모습으로 돌아온 오지암 왕은 불운을 깨달은 닭을 붙잡아 불에 태워버렸다. 이러한 사실은 아무도 알지 못하고 단지 앵무새가 죽었다는 이야기만이 전해졌다.

다음 날에는 궁정의 신하들을 위한 성대한 피로연이 벌어졌고, 그때부터 8일간은 무도회, 축제, 마상 창던지기, 육상경기 그리고 모든 군사연습에 할당했다.

행사가 끝나자 오지암 왕은 가짜 왕과 가깝게 지낸 세 왕비를 내보내고 자신에게 변치 않은 사랑과 존경의 마음을 품었던 왕비만 곁에 두었다.

이야기꾼이 이야기를 다 마치자 베람 황제는 매우 흡족하여 감사의 표시로 몇 가지 훌륭한 선물을 그에게 주었다. 황제는 이렇게 흥미로운 모험 이야기를 듣는 것으로 몸 상태가 조금 좋아졌음을 느꼈다. 그리고 왕은 젊은 왕자들의 조언이 적절했다고 확신하고, 화요일 아침에는 두 번째 궁전으로 옮겨가기로 했다.

그 궁전은 자주색 벨벳으로 마무리한 가구가 갖추어져 있었다. 거기에서 황제와 황제를 수행하는 일행도 똑같은 벨벳 의상을 몸에 둘렀다. 그 아름다움은 비교할 것이 없을 정도였다. 황제 일행이 초조한 마음으로 두 번째 궁전에 들어가자 두 번째 공주가 마중 나와 매우 정중하게 인사를 했다. 그녀는 황제와 한 시간 정도 이야기를 나누었고, 두 번째 이야기꾼이 들어왔다. 황제는 무언가 기분전환이 될 이야기를 듣고 싶었다.

두 번째 이야기; 왕비와 원숭이 부리는 사람

고대 도시 멤피스(*Memphis*)는 어느 강력한 왕이 다스리고 있었다. 그 영지 곳곳에는 비옥한 땅이 있었는데, 왕은 거기에 그때까지 누구도 본 적이 없는 화려한 궁전을 세웠다. 그 궁전의 특이한 점은 사형수를 물어 죽이는 임무를 맡은 100마리의 사나운 개가 그곳의 경호를 맡고 있다는 사실이다.

이 왕에게는 외아들이 있었다. 그 아들은 수많은 장점을 갖고 있었지만 특히 활의 달인이어서 궁전에 있는 그 누구보다도 뛰어난 솜씨를 자랑했다.

왕자의 혼기가 차자 왕은 혼인을 시키고자 했다. 왕위를 이어받을 손자를 얻으려고 생각한 것이다. 그것을 아들에게 알아듣게 말한 다음 왕은 이렇게 말을 이었다.

"매력적인 공주들 몇이 후보에 올라 있으니, 너는 그중 한 사람을 선택해야 한다."

아들은 대답했다.

"잘 알겠습니다. 그러나 일생의 중대사인 만큼 제가 선택하도록 해주십시오."

왕은 고개를 끄덕였다. 하지만 왕자의 뜻에 맞는 상대를 찾을 수 없어 혼인 문제는 결정되지 않은 채 시간만 흘러갔다. 그것이 왕에게는 걱정거리였다.

그런데 때마침 한 대신에게 매우 아름답고 총명한 외동딸이 있었다. 그녀의 가정교사는 그녀가 그 어떤 왕비 후보보다도 뛰어나다는 걸 알고, 왕자가 그녀를 만난다면 당장 좋아하게 될 것이라고 생각했다. 그런 생각에 사로잡힌 가정교사는 왕자에게 그녀에 관해 이야기하고 초상화를 보여주었다. 초상화가 너무도 매력적이었기 때문에 왕자는 그녀의 실제 모습을 보고 싶어 했다. 그러자 가정교사가 이렇게 말했다.

"대신께서 아가씨를 매주 한 번 사냥에 내보내는 걸 보면 왕자님의 희망은 그다지 어렵지 않게 실현될 것 같습니다. 아가씨가 사냥을 가는 것은 공들인 뜨개질로 바빠서 기분전환이 필요하기 때문입니다. 그러니 그때를 가늠하여 뒤를 쫓는 것만으로도 손쉽게 그녀의 모습을 볼 수 있을 것입니다."

왕자는 가정교사에게 감사의 말을 건네고, 심복 부하 한 명에게만 그 계획을 말한 뒤 말을 타고 눈치채지 않도록 상당한 거리를 두고 그녀의 뒤를 밟았다.

시가지를 벗어나니 제우스 신을 모시는 매우 오래된 신전이 있었다. 그곳에 일행과 함께 도착한 처녀는 신전의 첨탑 하나에 두 마리의 비둘기가 앉아 있는 것을 보았다. 왕자는 아직 상당히 떨어진 곳에 있었지만 그녀가 활을 준비하고 있는 모습이 눈에 들어오자 먼저 활을 꺼내 그중 한 마리를 향해 활을 당겼다. 화살은 그 비둘기의 부리를 스칠 듯이 날았기 때문에 비둘기는 기절하여 땅에 떨어지고 말았다. 또 한 마리의 비둘기는 화들짝 놀라서 높이 날아올랐다. 그러자 처녀는 그 틈을 놓치지 않고 비둘기에게 화살을 쏘았다. 그 화살도 날고 있는 비둘기의 부리 바로 옆을 스쳤으므로 이 비둘기도 기절해 땅으로 떨어졌다.

그 솜씨에 놀란 왕자는 자기보다도 그녀가 뛰어나다는 것을 알려주려고 자신의 화살로 기절시킨 비둘기를 그녀에게 보냈다. 그것은 수컷 비둘기였다. 활달하기로는 누구에게도 지지 않는 그녀도 왕자에게 자신이 떨어뜨린 비둘기를 보냈다. 그것은 암컷이었다. 그녀는 심부름꾼으로 하여금 왕자의 선물에 감사의 뜻을 전했다. 두 남녀가 이렇게 예의 바른 모습을 보이는 것은 좋은 조짐이었다.

아직 처녀의 모습은 확실하게 보지 못했지만, 그 솜씨와 말씨가 마음에 쏙 든 왕자는 그녀의 얼굴 생김이 그토록 훌륭한 사람됨에 어울리는지 어떤지 보고 싶어 애가 타 가만히 있을 수가 없었다. 왕자는 말에서 내려 처녀를 수행하는 일행들 옆의 덤불 속에 몸을 숨겼다.

그곳에는 맑은 물이 가득한 샘이 있었다. 목이 마른 처녀에게 누군가가 물잔에 물을 담아 가져왔다.

그녀가 물을 마시려고 얼굴 가리개를 걷은 순간, 왕자는 그 모습에 매혹되고 말았다. 비둘기를 보내올 때 상상했던 생김새보다도 훨씬 더 아름다웠던 것이다.

그는 사냥에서 돌아오자, 왕을 찾아가서 허락하신다면 대신의 딸과 결혼할 생각이라고 말했다. 그 말을 듣고 왕은 매우 기뻤다. 아들이 자신의 마음에 드는 여성을 찾을 희망은 거의 없을 것 같아 체념하고 있었기 때문이다.

그는 대신을 불러서 왕자가 그의 딸에게 품고 있는 사랑의 마음을 숨김없이 이야기하고, 두 사람 사이에 은밀하게 인연이 맺어졌다. 그러나 사정이 있어 축전은 잠시 미루기로 했다.

그동안 대신의 딸에게 애가 탄 왕자는 함께 지낼 수 있는 날이 오기를 학수고대하면서 어쩔 줄 몰랐다. 그녀를 방문하는 것은 허락되었으나 그것은 늘 곁에 있고 싶다는 그의 정열에 부채질만 더 할 뿐이었다.

그런데 웬일인지 왕이 병들어 자리에 누운 지 닷새 만에 세상을 떠나버렸다. 이 불행 때문에 연인들은 잠시 마음이 어지러웠다. 국왕의 장례식을 치러야 했고, 이어서 새로운 왕의 대관식도 거행해야 했다.

하지만 그것들이 무사히 끝나자 새 왕은 자신의 결혼을 더없이 화려하고 성대하게 축하했다. 그는 부왕을 잃은 슬픔과 장래에 대한 불안을 사랑하는 여성과 결혼했다는 기쁨으로 조금은 덜 수 있었다.

그는 신혼의 달콤함에 당장이라도 빠져들고 싶었다. 그래서 하루는 사랑하는 왕비를 갑자기 끌어안으려고 했는데, 왕비가 그것을 저지하면서 말했다.

"폐하, 저는 폐하의 아내가 되는 영예를 받았기 때문에 바라시는 대로 따르는 것은 당연한 일입니다. 하지만 그 바람을 들어드리기 전에 진심으로 부탁드리고 싶은 것이 있습니다. 다름이 아니라 이 나라의 화폐에 저의 이름을 폐하의 이름과 함께 넣어주십시오."

왕은 그 청을 들어줄 수 없다고 생각했다.

"나의 선조 중 한 사람이라도 선례가 있다면 더할 수 없이 사랑하는 그대의 청을 들어줄 것이오. 하지만 그것은 이 나라에서는 물론이고 세상의 그 어느 나라에서도 없는 일이오. 그대의 청은 없는 것으로 하는 게 좋겠소."

"처음으로 드리는 부탁인데 거절하시다니요, 폐하. 정말 믿을 수가 없습니다. 저를 그다지 사랑하지 않는 것을 알았으니 폐하에 대한 제 사랑도 마찬가지로 멈추겠습니다. 폐하에게는 폐하의 명예가 있듯이 저에게는 저의 명예가 있습니다."

왕은 버릇없는 이 대답에 불안을 느꼈다. 그러나 마음을 고쳐먹고 다시 기운을 낸 왕은 어떻게든 그녀의 기분을 되돌리고 싶었다. 그래서 하루는 왕비에게 품고 있는 애정에 대해 이렇게 말했다.

"왕비, 그대는 아직 나의 아내라고 생각하지 않소. 그대의 이름을 내 이름과 함께 화폐에 새기지 않는 한 나를 다가오지 못하도록 하기 때문이오. 그러나 선례가 없는 것이라도 나는 그대를 기쁘게 하고 싶어 견딜 수 없구려. 그래서 그대가 활과 화살을 나와 똑같이 다룰 수 있다면 그대의 요구를 들어주도록 하겠소."

왕비는 고개를 끄덕였다. 저녁 무렵이 되자 두 사람은 아주 넓은 방으로 들어가 한쪽 벽에 작은 세면기를 매달게 했다. 그것을 왕비에게 보여준 후 불을 끄고 두 사람은 반대쪽 벽 앞으로 걸어갔다. 거기에서 왕은 세 발의 화살을 쏘았다. 화살이 세면기에 닿는 소리가 세 번 들려왔다.

다음에는 왕비가 아무렇지도 않게 화살을 쏘았는데, 맨 처음 소리는 들렸지만 나머지 화살의 소리는 전혀 들리지 않았다. 왕은 왕비가 쏜 두 번째와 세 번째 화살이 실패했다고 생각하고 가까스로 아내의 요구에서 벗어날 수 있게 되었다고 안도했다. 이제 아내는 남편을 거부할 수 없다고 마음속으로 중얼거렸다.

곧 촛대에 불이 밝혀졌다. 왕은 자신의 화살이 세면기의 세 군데에 꽂혀 있는 것을 보았다. 그런데 왕비가 쏜 맨 처음 화살은 그 세 군데의 정 가운데에 꽂혀 있었다. 그리고 두 번째 화살은 첫 번째 화살의 끝에 명중했고, 세 번째 화살은 두 번째 화살의 끝을 관통해 있었다. 너무 놀란 나머지 낯빛이 휙 바뀐 왕은 결국 왕비의 요구를 들어줄 수밖에 없음을 알고 불안감이 점점 커졌다.

하지만 왕은 그럴 생각이 전혀 없었기 때문에 단지 약속을 피하기 위해 다음 날에는 꾀병을 부리기로 했다. 영리하고 신중한 왕비는 그에게 약속을 지키라고 조르지 않고, 오로지 왕의 건강 회복외에는 아무것도 생각하지 않았다.

그 무렵 궁전으로 나쁜 소식이 전해졌다. 왕국의 몇몇 도시에 짐승의 무리가 들이닥쳐 온 마을에 엄청난 피해를 입히고 있다는 것이다. 이 소식은 왕이 왕비와의 약속을 미루는 구실이 되었다. 그래서 왕은 여전히 병든 척하면서 몸이 낫는 대로 그 짐승들을 퇴치하러 가겠다고 발표했다. 왕비도 거기에 찬성했다.

며칠 후 왕은 말끔히 건강을 회복했다고 말하면서 장군들에게 사흘 안에 일각수(一角獸)[12)]가 휩쓸고 있는 마을로 출발할 수 있도록 만반의 준비를 하라고 명령했다. 그날이 되자 왕은 전투복으로 갈아입고 왕비와 신하들과 함께 출정했다.

길을 가는 동안 신하들은 왕과 왕비에게 유쾌한 이야기를 해주며 길고 험난한 여정을 위로해주었다. 마침내 일각수가 있는 곳에 도착하자 한 마을에서 잠시 휴식을 취하며 피로를 풀었다. 신하들은 들판에 천막을 치고 언제라도 짐승을 퇴치할 수 있도록 단단히 준비했다.

신하들은 적절한 장소에서 야영을 한 뒤, 활과 투석과 창 등으로 무장하고 수많은 짐승 떼들이 있는 곳으로 향했다. 왕비와 동행하며 그 모습을 보고 있던 왕은 조금 높은 언덕 위에 훌륭한 수컷 일각수 한 마리가 당당하게 서 있는 것을 보았다. 암컷에게는 뿔이 없기 때문에 그놈이 수컷이라는 것을 한눈에 알 수 있었다.

그것을 본 왕은 화폐에 자신의 이름과 함께 왕비의 이름을 새기겠다는 약속을 문득 떠올렸다. 그 요구를 포기하게 하는 방법이 없을까 고민하고 있던 왕은 문득 한 가지 생각이 떠올랐다. 그래서 왕비에게 말했다.

“왕비, 아무리 활의 달인인 그대라도 저 수컷 일각수를 암컷으로 바꾸는 일은 할 수 없겠지. 만약 가능하다면 우리나라의 화폐에 나와 함께 그대의 이름을 넣는 것을 서약하도록 하겠소.”

왕비는 대답했다.

“그것은 저 넓은 방에서 이미 결말이 나지 않았습니까? 하지만 굳이 원하신다면 저 수컷을 암컷으로 바꿔 보여드리지요. 만약 실패한다면 그 약속은 없었던 것으로 하겠습니다.”

자신에 찬 왕비의 말투는 좋은 꾀라고 여기고 미소 짓던 왕의 뇌리에 휙 하고 찬바람을 불어넣었다. 대체 무엇을 하는지 의심하는 왕의 눈앞에서 그녀는 화살 하나를 활에 메기고는 아무렇지도 않게 일각수를 향해 쏘았다. 표적을 눈여겨보지도 않고 그리 힘을 들이지도 않은 그 담담하고 자연스러운 한순간의 동작은 바로 명인에게만 허용된 것이었다. 그것을 느낀 왕의 등줄기에는 식은땀이 흘렀다.

화살의 방향을 쫓던 왕은 자기도 모르게 눈을 크게 뜨고 멍한 상태가 되었다. 아까 본 수컷 일각수의 뿔이 사라졌기 때문이다. 뿔이 없는 일각수가 아무 일도 없었다는 듯이 아까와 같은 자세로 서 있는 게 아닌가. 그녀가 쏜 화살이 뿔의 적절한 곳에 적절한 강도로 명중했기 때문에 일각수에게 충격을 주지 않고 뿔을 뿌리부터 똑 떨어지게 한 것이다. 당당하게 서 있던 수컷이 그대로 암컷의 모습으로 바뀌어버린 것이다.

왕비가 이렇게 성공을 거둔 이상 그녀의 요구를 거부할 수 없다고 여긴 왕은 마음이 어지러웠다. 그것은 지혜도 기술도 왕비에게 미치지 못한다는 자괴감뿐만 아니라 우쭐해진 그녀가 자신을 깔보는 것이 아닐까 하는 두려움도 있었기 때문이다. 그래서 왕은 왕비를 죽여버리려고 결심했다. 왕에게는 그다음의 상황 따위는 어떻게 되어도 좋았다.

그러나 왕은 속내를 드러내지 않고 오히려 아낌없이 왕비를 칭찬했다. 그리고 자신의 숙소로 돌아와서 비밀리에 관리에게 명했다.

"밤이 되면 왕비의 천막으로 숨어들어 왕비를 붙잡아서 궁전으로 데리고 가거라. 그리고 궁전을 지키는 100마리의 사나운 개들 먹이로 그녀를 던져버려라."

그 관리는 명령을 받은 그대로 불쌍한 왕비를 붙잡아 사나운 개들 무리 속에 먹이로 던져넣은 다음 왕의 숙소로 돌아와 보고했다.

그러나 하늘은 이 왕비를 버리지 않았다. 개들은 그녀에게 아무런 해도 입히지 않고 가능한 한 다정하게 대해주었다. 더구나 이 행운에 바라지도 않았던 좋은 일이 우연히도 겹쳤다.

왜냐하면 궁전의 수로로 통하는 통로를 막고 있던 돌이 솟아올라 있었던 것이다. 왕비는 그 길을 통해 빠져나오자 하룻밤 내내 계속 걸어서 새벽 무렵에 한 남자의 집에 다다랐다.

그 남자는 원숭이를 부려서 먹고살고 있었다.

"너는 누구야?"

남자가 물었다.

"저는 가련한 외지인으로, 일을 하고 싶어서 주인님을 찾고 있습니다."

그녀의 초라한 모습을 보고 남자는 애처롭게 여겨 하녀로 고용하기로 했다. 한데 날을 거듭할수록 그녀의 좋은 점들을 알게 되어 마침내는 양녀로 삼아 진심으로 소중하게 여기게 되었다.

한편, 궁전으로 돌아온 왕은 마음의 위안이자 즐거움이기도 했던 왕비를 만나지 못하게 되고, 더구나 그 원인을 만든 것이 자신이라는 사실에 무척 괴로워했다. 마음의 불안이 점차 심해지더니 마침내 중병이 되어 죽을 상이 나타날 지경에 이르렀다.

왕이 중병에 걸렸다는 소문은 여기저기로 퍼져나가 마침내는 불행한 왕비의 귀에까지 닿았다. 그녀는 그 원인이 자신에게 심한 짓을 한 데 대한 후회라는 것을 알고 있었다. 그래서 그녀는 원숭이 부리는 남자에게 자신은 왕의 병을 고칠 수 있는 방법을 알고 있으며, 그것은 반드시 당신에게 큰 재산을 가져다줄 것이라고 말했다. 그리고 뒤이어서 말했다.

"궁전으로 가세요. 그리고 만약 누구도 국왕의 치료법을 알지 못한다면 당신께서 반드시 고쳐 보이겠다고 하세요."

남자가 치료법을 묻자 그녀는 대답했다.

"왕의 병은 우울과 슬픔에 따른 것이기 때문에 기쁨과 즐거움을 주는 것입니다."

마침내 원숭이 부리는 사람은 집을 나선 뒤 궁전으로 가 왕 앞에 무릎을 꿇고 말했다.

"위대한 왕이시여, 저는 하늘의 가호로 폐하의 건강이 하루빨리 회복되길 바라고 있습니다. 그러기 위해서는 세 가지가 반드시 필요합니다. 그것은 휴식과 섭생 그리고 기쁨입니다. 휴식을 위해서는 모든 일을 쉴 것, 섭생으로는 식사의 양을 적당하게 줄일 것입니다. 영양분을 지나치게 섭취하면 나쁜 체액을 늘릴 뿐입니다. 그리고 기쁨으로는 임금님의 정원 중 가장 아름다운 정원에 살기 좋은 집을 지어서 거기에서 병을 이겨낼 때까지 사시는 겁니다. 거기서 제가 할 일을 시켜주시면 영광이겠습니다."

이 이야기가 몹시 마음에 든 왕은 건축을 담당하는 대신에게 명하여 교외의 정원 중 하나에 아름다운 집을 짓도록 명했다.

대신은 정성을 다해 이 집을 지었다. 그 집이 매우 잘 지어졌다는 전갈을 받은 왕은 마차를 타고 그곳을 방문했다. 왕은 그 집에 머물면서 집 밖으로는 나오지 않은 채 그저 몇 천 마리나 되는 새들의 즐거운 노랫소리에만 귀를 기울였다. 그렇게 며칠이 지나자 벌써 몸이 회복되는 기미를 느끼게 되었다.

한편, 원숭이 부리는 남자는 원숭이를 데리고 오는 것을 잊지 않았다. 원숭이는 왕 앞에서 온갖 재주를 부리며 몇 번이나 왕을 웃게 했다. 왕의 기분이 아주 좋아지자 남자는 원숭이를 부엌으로 데리고 가서 조리대에 매어놓은 뒤 왕에게 돌아가 유머 넘치는 이야기를 들려주고자 했다.

왕은 원숭이 부리는 남자를 기다리던 중 부엌 쪽에서 소리가 나자 그곳으로 가보았다. 원숭이가 줄을 풀고 자유로이 냄비 옆에 앉아 있었다. 그 냄비 안에는 왕에게 올릴 수탉 두 마리가 들어 있었다.

원숭이는 냄비 주변을 몇 차례 맴돌더니 그 뚜껑을 열고 대담하게도 닭 한 마리를 꺼내 입으로 가져갔다. 그런데 때마침 하늘을 날고 있던 솔개 한 마리가 그 먹이를 보고 급강하하더니 눈 깜짝할 사이에 낚아채서 날아가버리는 것이 아닌가.

원숭이는 깜짝 놀라 기겁을 함과 동시에 격하게 흥분했다. 여기에 오기까지 아무것도 먹지 못한 데다가 눈앞에서 먹을 것을 놓쳐버렸기 때문이다. 하지만 어찌 할 도리가 없었는지 원숭이는 솔개에게 복수하기로 결심한 듯했다. 원숭이는 솔개가 다시 다가오는 행운을 기다리며 부엌 구석에 몸을 숨기고 가만히 기회를 엿보고 있었다.

잠시 후 솔개가 다시 나타나 건물 위에서 날고 있는 것을 본 원숭이는 냄비 옆에 가서 또 한 마리의 닭을 끄집어내 먹는 시늉을 했다. 솔개는 두 번째 먹이를 채가려고 원숭이의 옆까지 내려왔지만 거기서 감쪽같이 원숭이의 음모에 걸려들고 말았다.

가만히 보고 있던 원숭이는 순식간에 솔개에게 덤벼들어 숨을 끊고는 세심하게 솔개의 깃털을 뽑은 뒤 이전의 닭과 함께 잘 섞어서 냄비 속에 넣어버렸다.

잠시 후 요리사가 냄비를 살피러 돌아왔다. 그는 냄비 뚜껑이 열려 있는 것을 보고 깜짝 놀랐다. 그리고 포크로 닭을 들어올려 보고 그것이 솔개라는 것을 알자 이번에는 허리가 빠질 정도로 놀랐다. 어떻게 이런 일이 일어났는지 전혀 이유를 알지 못한 것 같았다. 그는 왕의 저녁식사로 무엇을 올려야 할지 몰라 안절부절못했다. 냄비에 남은 것으로는 수프밖에 만들 수 없었고, 왕은 병 때문에 닭 말고는 다른 것을 먹을 수 없었기 때문이다.

왕은 원숭이의 모험, 솔개의 운명 그리고 요리사의 놀란 모습을 모두 지켜보고는 진심으로 웃었다.

이리하여 우울함이 명랑한 기분으로 바뀌자 왕의 마음은 단번에 쾌활해졌다. 그리고 언제까지나 요리사를 불안에 떨게 할 이유도 없었으므로, 왕은 그에게 원숭이의 모험, 솔개의 굴욕에 대해 말해주고 다른 식사를 준비하도록 일렀다.

그때부터 왕은 새의 지저귐, 원숭이의 재미난 재주, 원숭이 부리는 남자의 유쾌한 이야기 때문에 몹시 기분 좋은 시간을 보냈다. 이 남자는 익살꾼에 불과했지만 여느 익살꾼들에게는 기대할 수 없는 기지가 넘쳤다.

왕은 건강이 말끔히 회복되자 궁전으로 돌아가기로 했다. 그러나 그 전에 원숭이 부리는 남자를 불러서 누가 자신의 건강을 회복할 방법을 가르쳐주었는지 물었다.

"저는 누구에게 배운 것도 아니고 이전부터 알고 있었습니다." 하고 남자는 답했지만 왕은 납득하지 않았다. 왕은 그러한 지식을 갖고 있는 자의 이름을 말하라고 남자를 더욱 채근했다. 그래서 결국 남자는 이렇게 털어놓았다.

"저의 집에 잠시 머물고 있는 젊은 여인이 가르쳐주었습니다. 임금님이 병에 걸린 사실을 알고는 고쳐드려야겠다는 생각에 사로잡힌 것처럼 저를 보낸 것입니다."

"그랬더냐. 그러면 당장 그 여인을 데리고 오너라."

왕은 남자에게 명했다.

곧 집으로 돌아온 남자는 양녀인 왕비에게 자초지종을 이야기했다. 그리고 그녀를 위해 가능한 한 좋은 옷을 마련하여 왕에게로 데리고 갔다.

나타난 여자를 자세히 바라본 왕은 아내인 왕비와 너무나 닮았기 때문에 설마설마하면서도 한순간 머릿속이 하얘졌다. 정신을 차린 왕이 물었다.

"그대가 누구인가 말해보라."

그녀는 말했다.

"저는 당신이 개들에게 먹잇감으로 던져버렸던 당신의 불행한 아내입니다.

그때 임금님의 명예로운 왕비라는 것을 알았던 개들은 해코지를 하기는커녕 다투어 친근함을 보이려고 했습니다. 개들의 태도에 침착함을 되찾아 문득 주위를 보자 수로로 통하는 성벽에 구멍이 뚫려 있는 것이 눈에 띄었습니다. 그곳으로 빠져나와 어디인지도 모르는 채 밤새 달려서 이 마음씨 좋은 분의 집에 닿았던 것입니다. 그 후 지금까지 그곳에서 소중한 대접을 받고 있습니다.

그 집에서 살게 되고 나서 곧 당신이 병에 걸렸다는 말을 들었습니다. 모든 사정을 알게 된 저는 그 병의 원인이 저에게 끔찍한 죄를 선고한 당신의 후회 때문일 거라고 생각했습니다. 따라서 병을 고치기 위해서는 유쾌한 기분이 들게 하는 것 말고는 아무런 치료법도 없다고 생각했던 것입니다. 그래서 이분을 당신에게 보낸 것입니다."

모든 이야기를 들은 왕은 눈물을 참을 수가 없어 왕비를 꼭 껴안고 용서해달라고 거듭 청하고, 왕비가 생명의 은인인 것을 평생 잊지 않겠다고 맹세했다. 그리고 감사의 표시로 자기의 이름과 함께 그녀의 이름을 왕국의 화폐에 새기고 또한 왕국에 관련된 모든 일에 참여시키기로 했다.

왕은 원숭이 부리는 남자에게도 푸짐한 상을 내렸다. 헤아릴 수 없을 만큼의 선물을 주고 그가 사는 마을의 촌장에 임명한 것이다. 그 마을은 왕국에서 가장 중요한 마을 중 하나가 되었다.

베람 황제는 이 이야기를 듣고 매우 기뻐했다. 특히 솔개와 원숭이 사건에는 웃음을 참을 수가 없었다. 이야기꾼은 아주 마음을 탁 터놓고 다음 이야기를 시작했다.

"원숭이는 색과 크기가 다른 여러 종이 있습니다. 어떤 것은 안고 다니는 애완견처럼 작고, 어떤 것은 그레이하운드만큼이나 큰 것도 있습니다. 얌전하고 사람을 잘 따르는 녀석도 있고 사나운 녀석도 있습니다. 하지만 모두가 약아빠지고 장난을 좋아합니다.

그들은 인간들처럼 서로 하나의 사회를 이루어, 나이 든 녀석은 존경받고 젊은 녀석은 그들의 시중을 듭니다. 과수원을 습격할 때는 망보는 역할을 하는 조, 과일을 따는 조, 돌을 던져 뒤쫓는 인간을 괴롭히는 조 등 각각 역할이 주어집니다.

인도인들은 지루한 원시림을 지날 때 나뭇가지 끝에 매달려 있는 원숭이 무리를 바라보면서 기분전환을 합니다. 가장 큰 종류의 어른 원숭이는 한번에 서너 마리의 새끼 원숭이들을 품에 안을 수 있습니다. 그래서 원숭이들을 향해 총을 쏘면 몹시 당황해서 여기저기서 새끼 원숭이들을 데리고 나무에서 뛰어내리는데, 그래도 새끼 원숭이들을 다치게 하는 일은 없는 것 같습니다. 어미 원숭이는 한 손으로 나뭇가지를 잡고 다른 한 손으로 새끼 원숭이를 가만히 바닥에 내려놓습니다. 그리하여 새끼 원숭이들이 숲속으로 흩어지도록 하고 자기도 모습을 감춰버립니다.

이 동물은 세 가지 특색 있는 습성을 갖고 있는데, 폐하께서도 흥미를 느끼실 거라고 생각합니다. 그 습성이란 다름 아닌 뭐든지 갖고 싶어 하는 것, 알고 싶어 하는 것 그리고 따라하고 싶어 하는 것입니다.

원숭이는 욕심이 아주 많아 무언가 좋아하는 것을 발견하면 두 손 가득히 쥘 수 있는 만큼 쥐고 강제로 빼앗기지 않는 한 절대로 손을 떼려고 하지 않습니다. 이 습성을 잘 알고 있는 산골마을 사람들은 원숭이들의 은신처인 나무 아래에 큰 코코넛 열매 껍데기를 놓아둡니다. 그 껍데기에는 원숭이의 손이 딱 한 개 들어갈 정도로 구멍을 뚫고 그 속에 쌀이나 과일 등을 넣어둡니다.

무엇이든 갖고 싶어 하는 원숭이는 껍데기를 발견하자마자 달려와서 두 손 모두를 껍데기의 구멍 속에 집어넣습니다. 그 구멍은 빈손을 넣기에는 충분한 크기이지만 손에 먹이를 가득 쥐면 구멍에서 손을 빼낼 수 없습니다. 손을 뺄 수 없게 된 원숭이는 대체 무슨 일이 일어난 것인지 깜짝 놀랍니다. 원숭이는 몸을 버둥거리다 손을 다쳐 울부짖으며 날뛰다가 바닥이나 나뭇가지에 부딪혀 껍데기를 떼어내려고 하지만 결코 손에 쥐고 있던 것을 놓으려 하지 않습니다. 추격자는 그런 올무에 걸린 원숭이를 발견하고 달려옵니다. 원숭이는 평소의 은신처인 나무에 오르려고 하지만 손이 껍데기에 들어간 채로는 나무를 잡을 수 없기 때문에 아무런 소용이 없답니다.

이렇듯 원숭이의 갖고 싶어 하는 습성은 스스로 자기의 목을 조르는 것이나 다름없는 것입니다. 그 녀석들이 알고 싶어 하는 습성도 이와 비슷합니다.

제가 선원이었을 때 숲에서 갓 잡힌 원숭이 한 마리가 제가 타고 있던 배에 실려 있었습니다. 그 원숭이는 불이 켜진 양초를 본 적이 없었답니다. 밤이 되어 이 신기한 것이 눈에 띈 원숭이는 호기심이 일어 양초가 있는 곳으로 달려갔습니다. 옆에 다가가 그것이 무엇인지 알고 싶어 하는 것 같았습니다. 처음에 무엇을 해야 할지 망설이는 모습 따위는 전혀 볼 수 없습니다. 갑자기 손을 대고는 예측한 대로 화상을 입고 손을 털면서 도망치더니 큰 소리로 울부짖고 있었습니다.

그 원숭이는 다시 돌아와 양초 옆에 바싹 붙어서 양초에서 나는 소리를 유심히 듣고 있었습니다. 그리고 치직치직 소리가 나고 불꽃이 일거나 하면 무서워 도망가려고 했습니다.

뭐니뭐니 해도 가장 우스웠던 것은 원숭이가 눈이나 손이나 귀로도 알고 싶은 것을 충족시킬 수 없다는 것을 알면서도, 이번에는 그것을 먹을 수 있는지 어떤지 시험해보려고 했다는 것입니다. 그래서 그 녀석은 혀를 내밀어 맛을 보려고 했습니다. 혀끝과 코를 자그마치 열 번 정도 데었습니다. 그때마다 소리를 지르면서도 양초에 대한 공격을 반복하고 있었습니다. 갖고 싶은 것이 손에 들어오지 않으면 점점 미친 듯이 화를 내는데, 결국 불꽃으로 혀를 데고 말았습니다.

그러나 원숭이의 여러 습성 중에서도 가장 흥미로운 것은 사람 흉내겠지요. 그것이야말로 바로 원숭이가 지닌 습성의 본질입니다.

어떤 선원이 늘 자신의 트렁크를 열고 자루 속의 금을 꺼내 잘그락잘그락 소리를 내며 개수를 확인하곤 했습니다. 옆에 묶여 있던 원숭이는 늘 그 광경을 보고 있었지요.

어느 날, 불운하게도 트렁크 뚜껑이 열려 있었습니다. 그것을 본 원숭이는 그 자루를 마구 주물러보고 싶은 기분에 사로잡혔지요. 계획을 실행하려는 듯 자세를 낮추고 묶은 끈을 물어 끊는 데 성공하자 이내 트렁크에 뛰어올라 자루를 꺼냈습니다.

선원은 그것을 알아채자마자 그 원숭이를 붙잡아 자루를 빼으려 했으나 원숭이는 재빨리 도망쳐버렸습니다. 그는 필사적으로 뒤쫓았지만 원숭이는 잽싸게 돛대 높은 곳까지 가볍게 올라가 바다 위에 길게 뻗어 있는 돛 가로대의 끝에 앉아버렸답니다.

그 선원은 자루가 걱정되어 견딜 수가 없었지요. 그래서 원숭이가 자루를 바다에 던져버리지 않기를 기도하면서 원숭이가 놀라지 않도록 그대로 둘 수밖에 없었습니다. 겨우 거기에서 자유로워진 원숭이는 한 손으로 천천히 자루를 잡더니 다른 손으로 한 개의 은화를 꺼내 눈앞에 비춰보거나 귓속에 넣어보거나 혀끝으로 맛을 보고 있었습니다. 그 행위를 또 몇 번이나 반복하고 나서야 은화를 돛 가로대 끝에 놓으려고 했는데 여의치 않아 은화가 굴러서 바다로 떨어지고 말았습니다.

원숭이는 그 놀이가 마음에 쏙 들자 두 개째, 세 개째 그리고 은화가 없어질 때까지 온갖 놀이를 계속했습니다. 자루 주인인 선원은 모든 희망을 잃고 말았습니다. 원숭이는 선원이 앞서 했던 것처럼 자루를 닫은 뒤 트렁크 속에 도로 집어넣었습니다. 그러는 동안 선원은 할 수 있는 한 큰 소리로 울부짖고 있었습니다.

원숭이는 앙갚음을 당할 것을 알고 있었는지도 모릅니다. 하지만 원숭이는 천 번 맞을 것을 알면서도 거기에 뭔가 원하는 것이 있다면 결코 놓치지 않습니다. 원숭이가 장난을 좋아하는 것은 이런 식이기 때문에 결코 다루기 쉬운 동물이라고는 말할 수 없겠지요."

황제는 이전 이야기꾼의 이야기를 들었을 때와 마찬가지로 그의 이야기를 듣고 즐거워했다. 옆에서 대기하고 있는 고관들은 몹시 기분이 좋은 황제를 보고, 당장이라도 건강을 회복할 것 같다는 희망에 부풀었다.

다음 날, 황제는 세 번째 궁전으로 출발했다. 그 궁전은 갖가지 색깔로 채색되어 있었기 때문에 수행원들도 그 장식에 뒤지지 않는 의복으로 치장을 하고 있었다.

세 번째 궁전에서 기다리고 있던 공주는 황제가 도착하자 잠시 즐거운 담소를 나누었다. 이윽고 만찬이 끝나자 평소와 마찬가지로 이야기꾼이 불려와 이야기를 시작했다.

세 번째 이야기; 금사자상의 의혹

인도의 바다에 접한 제브(*Zeheb*)라는 도시에 부유하고 강력한 권력을 지닌 왕이 살고 있었다. 왕은 사자를 숭배하여 사자만을 신으로 받들고 있었다. 그는 학문과 공예를 사랑하여 솜씨 좋은 직인들을 모으는 데 열정을 쏟았다. 왕은 그 직인들 중에서 빼어난 솜씨를 자랑하는 금세공사를 특히 총애했다.

어느 날 왕은 그 금세공사를 불러 1만 냥의 금괴를 주며 그것으로 훌륭한 사자상을 만들도록 명했다. 이 터무니없는 양의 금을 받은 금세공사는 걸작의 이름에 부끄럽지 않은 사자상을 만들어 왕을 기쁘게 해주겠다는 생각 말고는 그 무엇도 머리에 들어오지 않았다.

그렇게 작업에만 몰두하여 애쓴 결과, 6개월도 지나지 않아 사자상을 완성했다.

마무리가 너무도 완벽해서 숨만 쉰다면 살아 있다고 생각될 정도였다. 그것은 너무 무거웠기 때문에 발밑에 작은 바퀴를 달기로 했다. 이렇게 하여 장정 열 명 정도면 원하는 곳으로 움직일 수 가 있었다.

왕은 이 작품을 보고 매우 기뻐했다. 또 그것을 본 사람이라면 누구라도 그 빼어남에 완전히 매혹될 만큼 도저히 인간이 만든 것이라고는 믿을 수 없을 정도로 완벽했다. 왕은 어떻게든 이 장인의 공적과 노고에 보답하고 싶어서 엄청난 특권과 함께 1만 크라운의 연금을 그에게 주기로 했다.

그러나 이 같은 혜택은 동료 금세공사들의 시샘을 사게 되었다. 잘하면 금사자상의 결점을 찾을 수도 있을 거라고 생각한 그들은 한데 모여 사자상을 보러 가기로 했다. 동료 중에는 남보다 갑절이나 질투심이 강한 남자가 있었는데, 그는 이 작품이 겉보기에도 아무런 결점도 없다는 것을 알아채고는 이렇게 말했다.

"1만 냥의 금이 전부 여기에 쓰이지는 않았어. 저 세공사가 부정한 짓을 저지른 게 틀림없어."

그는 동료 금세공사의 연금을 취소시키고 자신이 왕에게 환심을 살 좋은 기회라고 여겼기 때문에 그의 작품에 의혹이 있다고 곳곳에 소문을 퍼뜨렸다. 하지만 그것으로는 불충분했고 그것을 증명해야만 했다. 거기에는 두 가지 방법밖에 없었다. 하나는 사자를 산산이 조각내 그 무게를 재는 것인데, 그러면 훌륭한 사자상은 사라져버린다. 또 하나는 부수지 않고 무게를 재는 것인데, 엄청난 무게를 생각하면 무척 어려운 일이다.

어쨌든 실제로 무게를 재는 일은 불가능하였으므로 그는 머리를 쥐어뜯었다. 게다가 동료의 명예를 손상시켰다는 낙인이 찍힐지도 몰랐다.

어느 날, 그가 아내에게 이렇게 투덜거렸다.

"사자의 무게를 잴 방법을 찾아 저 금세공사가 도둑질했다는 증거를 임금님에게 알려야 연금을 받을 수 있을 텐데."

탐욕스러운 그의 아내가 말했다.

"나에게 맡겨줘요. 머지않아 비밀을 밝혀 보일 테니까."

남편은 답했다.

"믿어보겠네. 성공만 하면 우린 평생 놀고먹을 수 있어."

계획을 실행에 옮기기 위해 그녀는 얼굴만 알고 있던 금세공사의 아내와 더욱 친해져야겠다고 생각했다.

기회를 엿보던 어느 날, 그녀는 사자상 앞에서 치러진 기도식에서 금세공사의 아내와 마주칠 수가 있었다. 그녀는 말했다.

"훌륭한 공적으로 이 정도로까지 왕에게 인정받은 분의 아내로서, 당신은 분명 세계에서 가장 행복한 여자가 아니겠습니까?"

그러고는 사자상의 아름다움을 화제로 삼으면서 말했다.

"어딜 보더라도 완벽하고 아무런 결점도 없네요. 그렇지만 한 가지 마음에 걸리는 것은 무게를 잴 수 없다는 겁니다."

이 말은 금세공사 아내의 마음을 적잖이 어지럽혔다. 사자에 결점이 있다니 그냥 듣고 넘길 수 없다고 생각한 금세공사의 아내가 답했다.

"지당하다고 생각합니다만 남편은 분명히 잴 방법을 알고 있는 게 분명합니다. 다음에 만날 때 설명해줄 수 있겠지요."

금세공사의 아내는 그녀와 헤어진 뒤 서둘러 집으로 향했다. 집에 도착해서는 밤이 되기만을 기다렸다. 남편으로부터 비밀을 캐내기 위해서는 밤이 제격이라고 여겼기 때문이다.

침대에 누워 남편과 여느 때보다도 다정하게 대화를 나누고는 남편에게 물었다.

"있잖아요, 당신. 사자상에 관해서 말인데요, 물론 아무런 결점도 없겠지만 하나쯤 있다면 무게를 잴 수 없다는 것이겠죠. 그것은 금이고 엄청난 값어치가 있는 것이라 무게는 아주 중요하지요. 무게를 알 수 없으면 여러 모로 의심을 받을 수 있기 때문에 어떻게든 생각해두어야 해요. 어떻게든 무게를 알 수 있는 방법은 없을까요?"

이 말에 금세공사는 몹시 동요했다. 아내에게 비밀을 밝히면 언젠가 그의 도둑질이 탄로나버릴 것이고, 만약 감춘 채로 두면 아내에게 꺼림칙함을 느끼면서 지내야 하는 괴로움이 남기 때문이다.

"나는 결심하고 있었어."

남편이 말했다.

"이 비밀은 아무에게도 밝히지 않겠다고 말이야. 그렇지만 당신은 내 아내이고 진심으로 당신을 사랑하니까 당신에게는 털어놓을게. 만약 다른 사람에게 새나간다면 나의 명성은 땅에 떨어지고 당신은 세상의 비난을 뒤집어쓰게 될 거야."

아내는 살아 있는 모든 것들에게는 결코 말하지 않겠다고 맹세했다.

그래서 그는 말했다.

"당신이 알다시피 저 사자상은 발밑의 바퀴로 어디든 이동할 수 있어. 그러니까 무게를 알고 싶다면 간단하지. 그냥 배에 실어서 어느 정도 가라앉는지 배의 바깥에 표시를 한 다음, 사자상을 내리고 배에 돌멩이를 쌓아 그 표시까지 배를 가라앉히지. 그러고는 돌멩이의 무게만 재면 그것으로 사자상의 무게를 간단하게 알 수 있는 거지."

비밀을 모두 알게 된 아내는 다시금 비밀을 지킬 것을 서약했다.

시간이 지나 사자상을 만든 금세공사의 아내는 또 사자상에 참배하기 위해 집을 나섰다. 갈 길을 절반도 채 못 가 질투 심한 금세공사의 아내와 만나자 "아무한테도 이야기하면 안 돼요." 하면서 굳게 다짐한 다음 남편에게서 들은 얘기를 모두 전해주었다.

질투 심한 금세공사의 아내는 좀 전에 약속한 것은 내팽개치고 집에 돌아오자마자 남편에게 사자상의 무게를 재는 방법을 알려 주고는 "어서 가서 왕에게 사자상에 사용된 금의 양을 확실하게 알 수 있다고 말해요." 하는 것이었다.

금세공사는 "이제 됐다." 하고 쾌재를 불렀다.

다음 날 아침, 금세공사는 궁전으로 들어가 왕에게 말씀드릴 것이 있다고 고했다. 왕 앞에 나서는 것을 허락받은 그는 사자상을 만든 남자가 도둑질을 했다고 고하고, 왕이 그 사실을 확인할 수 있는 방법을 알려주었다.

그의 말을 듣고 난 왕은 금세공사에게 감사의 뜻을 전하고 상을 내릴 것을 약속했다. 그 후 왕은 사자를 만든 남자를 불러들여 힘을 빌릴 것이 있다는 핑계로 지방에 있는 궁전에 가 있도록 명했다. 그가 출발한 것을 확인한 왕은 즉시 사자상을 해변으로 끌고 가 배에 실은 다음 무게를 쟀다. 그러자 과연 무려 200냥이나 되는 금이 부족하다는 것이 밝혀졌다.

이 속임수에 왕은 격노했다. 금세공사가 돌아오자마자 왕은 그가 저지른 죄와 배은망덕한 행동을 엄하게 꾸짖고 그를 도시에서 멀리 떨어진 곳에 있는 높은 탑에 가둬버렸다. 그 문도 단단히 잠가버렸기 때문에 그가 선택할 수 있는 것은 굶어죽든가 몸을 던져 죽는 것뿐이었다.

이 불행을 야기한 그의 아내는 완전히 제정신이 아니었다. 그녀는 아침이 되자 탑 아래로 달려가 폭포처럼 눈물을 흘리며 비밀을 누설한 죄를 용서해달라고 남편에게 간청했다. 하지만 그는 자신을 이 지경으로 만든 아내가 죽음으로 죗값을 치러야 한다고 생각했다.

"이봐." 하고 그가 입을 열었다.

"당신의 한숨도 당신의 눈물도 이제는 소용없어. 나의 목숨을 건질 수는 없어. 나의 파멸은 당신 탓이야. 그러니까 나를 구해내기 위해서 꼭 손을 빌려줘야 해. 당장 읍내로 가서 비단실을 가져와. 그것을 대여섯 마리의 개미 다리에 묶어 탑의 벽을 기어오르도록 해. 그리고 그놈들 머리에는 녹인 버터를 발라놓는 거야. 개미는 버터를 매우 좋아하기 때문에 냄새를 따라서 계속 위쪽으로 올라갈 거야. 이 방법이 어떻게든 도움이 되겠지.

가는 비단실과 함께 좀 더 올이 굵은 실도 가지고 와. 내가 내려준 비단실에 당신이 그 실을 묶어주면 끌어올릴 테니까. 내가 다시 그 실을 내려주면 당신은 거기에 짐을 묶을 때 쓰는 굵은 로프를 매달아. 그러면 나는 그 굵은 로프를 끌어올려 탑 꼭대기에 있는 도르래를 이용해 도망칠 수 있을 거야. 그러니 지금 말한 것들을 전부 가지고 와. 누구도 눈치채지 못하게 조심해야 해."

이 말을 들은 아내는 조금 마음이 가벼워졌다. 그녀는 읍내로 달려가 남편이 요구했던 것들을 모두 준비하여 탑 아래로 돌아왔다. 마침내 로프가 당겨지고, 위에 있던 가로대의 도르래를 통과했다. 밤이 되기를 기다린 남편은 그 끝을 아내에게 던져 내려주고는, 그녀의 팔 힘으로는 잡고 버틸 수 없으니 허리에 감도록 했다. 그는 이렇게 말했다.

"당신의 무게와 균형을 맞추면서 천천히 내려갈 거야. 내가 바닥에 닿으면 그다음 이 밧줄로 당신을 내려주겠어."

오로지 남편의 자유만을 바라고 있던 아내는 로프의 끝을 허리에 감고 남편이 탑에서 탈출할 방법을 준비했다. 남편이 바닥에,

그리고 아내가 탑의 꼭대기에 닿자마자 그는 그녀의 허리에 감았던 로프 끝을 밑으로 던지라고 말했다.

"왜 그러냐면." 하고 남편은 말했다.

"내가 그것을 널판지 한가운데에 묶어 탑 위까지 끌어올린다면 거기에 걸터앉아서 쉽게 내려올 수 있기 때문이지."

남편의 말에 아내는 아무런 망설임 없이 로프의 끝을 아래쪽으로 내던졌다. 그러자 남편은 로프 끝을 꽉 붙잡더니 인정사정 없이 그것을 힘껏 도르래에서 벗겨버렸다. 그러고는 아내를 노려보더니 너무나 치욕적인 꼴을 당했던 데 대한 분노를 담아서 말했다.

"이 한심한 것. 너는 나를 치욕스러운 죽음 직전까지 내몰았어. 그러니 이번에는 네가 그 꼴을 당해봐!"

이렇게 말한 뒤 남편은 로프와 비단실 그리고 짐 싸는 데 썼던 끈을 탑 아래로 흐르는 강에 던져버렸다. 그는 하룻밤 내내 걸어서 새벽에 아무도 그를 알지 못하는 시골마을에 닿아 잠시 형편을 살피기로 했다.

이리하여 남편이 살아난 행운을 하늘에 감사하고 있을 때, 그의 아내는 나락의 바닥에 처박혔다는 생각에 울부짖으며 몸부림치고 있었다. 그녀는 닥쳐오는 죽음의 공포에 떨며 밤새도록 비탄에 잠겨 신음소리를 냈다.

날이 밝았다. 그녀의 무서운 외침은 길 가는 사람들의 도움을 구하는 소리처럼 들렸다. 길을 가다 그 소리를 들은 한 남자가 금세공사가 갇혀 있던 탑에서 여자가 울고 있다고 왕에게 알렸다.

이상하게 생각한 왕은 그 여자를 데려오라고 명령했다. 왕 앞에 끌려온 이 여자는 자초지종을 이야기했다.

왕은 금세공사가 탈출한 방법과 아내에게 복수한 방법이 기발한지라 몹시 칭찬하면서 자지러지게 웃었다. 그러고는 적어도 이 나쁜 꾀를 벌할 필요는 없다고 생각하여, 행방을 알 수 없는 금세공사를 향해 자기 앞에 나타나면 벌을 면해줄 것이라는 공고를 온 나라에 붙였다.

금세공사는 이 생각지도 않은 소식에 뛸 듯이 기뻐하며 왕 앞에 나아가 발밑에 엎드렸다. 왕은 그에게서 탈출극의 자초지종을 듣고는 그때까지 본 적 없을 만큼 배꼽을 쥐고 크게 웃었다. 이어 그에게는 약속한 상을 주기로 하고, 아내를 불러들여 화해시켰다.

그리고 도둑질을 입증한 금세공사에게도 많은 연금을 주겠노라 약속하고 그들을 화해시킨 다음, 기쁨에 넘쳐 흡족한 이들을 집에까지 잘 보내주었다.

월요일의 첫 번째 이야기, 화요일의 두 번째 이야기 그리고 이 수요일의 세 번째 이야기까지, 날마다 아름다운 공주들과 유쾌한 이야기를 나누고 이야기꾼들이 들려주는 이야기를 즐기던 황제는 네 번째 이야기가 끝날 무렵 회복의 기미를 보이기 시작하여 일곱 번째 궁전에서 모든 이야기가 끝났을 때는 완전히 원기를 회복했다.

그는 연회를 열어 이야기꾼들을 대접하고 병이 나을 수 있도록 노력을 다한 세 왕자에게 감사의 말을 전했다. 연회는 호화스럽고 성대하게 치러졌다. 거기에 꽃을 곁들인 것은 뭐니뭐니 해도 훌륭하게 건강을 회복한 황제에 대한 궁정 전체의 기쁨이었다.

다음 날에는 일곱 개의 궁전에 머물던 일곱 명의 공주들을 위해 성대한 연회를 열었다. 연회는 8일 동안 이어져, 공주들은 극진한 대접을 받았다. 당연히 이야기꾼들은 일곱 공주의 아름다움에 끌렸다. 사랑의 기쁨에 무관심하지 않았던 공주들도 곧 구애의 상대방과 인연을 맺었다.

베람 황제는 일곱 명의 공주와 이야기꾼들의 결혼을 허락하고 각각에게 새 궁전과 그들의 지위에 걸맞은 연금을 주기로 했다. 베람 황제의 넓은 마음씀씀이는 이 고상한 여성들을 만족시켰을 뿐만 아니라, 이 사실을 알게 된 백성들은 군주를 칭송해마지 않았다.

왕자들의 귀국

건강을 회복한 베람 황제는 수도로 돌아갔다. 그리고 인도에서 돌아온 '정의의 거울'을 사용하여 온 나라의 소동을 가라앉혔으므로 잘못된 정치를 펼치고 있는 다른 나라처럼 되는 일은 없었다.

이리하여 황제가 덕을 드높이고 악을 벌하는 나날을 보내는 가운데 세렌딥의 왕으로부터 다음과 같은 편지가 도착했다.

가장 위대하시며 위엄 있으시며
굳건한 군주
베람 황제폐하께
삼가 아룁니다.

세 왕자, 저의 아들들은 필시 행운의 별 밑에서 태어났다고 생각합니다. 그래서 다행스럽게도 이 세상에서 최고로 품위가 높고 가장 고상하신 황제폐하에게 가까이 갈 수 있었습니다. 그들은 위대한 폐하를 본보기로 삼아 정사의 기초를 충분히 익힌 게 틀림없습니다. 아들들은 폐하의 은혜를 결코 잊지 않을 것입니다.

저로서도 자식들이 받은 친절에 대해 감사를 드리고 싶은 마음 간절합니다. 그리고 저의 감사가 눈에 보이는 형태로 가능할 기회가 오면 좋겠다고 생각하고 있습니다.

하늘이 그 요청을 들어주시기까지, 폐하의 영광과 마찬가지로 언제까지나 건강하시기를 날마다 기도드리고 있습니다.

저 자신은 세월의 무게를 느끼게 되어 아들들이 곁에 있어주면 좋겠다고 생각하고 있습니다. 그러므로 바라옵건대 저의 이 요청을 아들들에게 전하시면서, 그들의 귀국에 동의해주신다면 감사하겠습니다.

폐하의 호의를 진심으로 바라고 있습니다.

그럼 안녕히 계십시오.

세렌딥 왕

베람 황제는 온 힘을 다해 자신을 보필하고 있는 세 왕자를 무척 소중하게 여겼다. 하지만 그들의 아버지도 존경하고 있었기 때문에 그 요청을 거절하는 것은 불가능했다.

그는 왕자들을 불러 이 편지를 읽어주었다. 그리고 그들이 귀국하는 것에 심히 불안을 느끼면서도 깊이 존경하는 세렌딥 국왕의 희망을 받아들여 귀국을 허락하기로 했다.

왕자들은 입을 맞추며 언제라도 황제에게 도움이 될 각오라고 굳게 약속한 뒤 그때까지 받았던 은혜에 대해 깊은 감사의 마음을 표했다.

황제는 왕자들과 인사를 나눈 뒤 이들을 수행하도록 더없이 호화로운 마차를 준비했다. 왕자들 한 사람 한 사람에게 값비싼 다이아몬드를 박은 언월도[14]와 호화로운 수를 놓은 조끼를 입혀주고, 세렌딥 국왕에게는 베람 제국의 최고급 산물을 보냄과 동시에 다음과 같은 편지를 썼다.

가장 위대하시고 현명하시고 고결하신 군주

세렌딥 국왕폐하께

삼가 아룁니다.

폐하의 편지를 받고 폐하가 아들들의 귀국을 바라고 있음을 알았습니다. 저의 통치에 대한 신념에 따라, 또 아들들의 공적, 아울러 폐하가 아들로부터 마땅히 받아야 할 이익을 두루 고려하여 귀국을 승낙하기로 합니다.

그러나 아들들이 떠나버린 후에 저는 얼마나 쓸쓸해질까요. 그들이 있어서 궁전은 아름다움과 기품을 갖추었고, 그들의 용기와 지혜로 저와 나라는 아무 탈 없이 지낼 수 있었습니다. 그 결과 우리 제국은 흔들림 없는 평화를 누릴 수 있었던 것입니다.

이처럼 덕이 높은 아들들이 있으니 참으로 현명하신 아버지 왕께서는 얼마나 마음 든든하겠습니까!

저는 폐하의 만수무강과 변함없는 귀국의 융성을 신께 기원합니다. 이것은 폐하의 번영을 위해 제가 바치는 진심에서 우러나오는 서약입니다. 무슨 일에 대해서든 저의 진정한 우정을 믿어 주십시오.

그럼 안녕히 계십시오.

베람 황제

왕자들은 베람 황제가 아버지에게 보내는 편지와 값비싼 선물을 가지고 제국의 궁전을 떠났다. 고국 세렌딥을 다시 볼 날이 가까워질수록 왕자들의 기쁨도 더해갔다.

그들은 막강한 황제 근위대의 호위를 받으면서 여행을 이어갔고, 베람 황제의 모든 도시들에서 최고의 환대를 받았다. 세렌딥과 접한 국경에 도착하자 이번에는 자국 기병대의 호위를 받으면서 안전하게 왕도로 들어갔다. 왕자들은 지나는 길목의 각 도시에서 젊은 귀족들의 영접을 받았고 백성들은 그들의 무사 귀환을 환호성으로 맞이했다.

왕자들이 세렌딥의 궁전으로 돌아오자 왕은 왕관을 벗고 그들을 껴안으며 기쁨의 눈물을 흘렸다. 그 모습은 오랜만에 아들들과 만나 기쁨에 겨워하는 다정한 아버지의 모습 그 자체였다.

왕자들은 베람 황제로부터 받은 편지와 선물을 부왕에게 건넸다. 선물도 물론 멋있었지만 편지를 읽은 왕은 황제가 아들들에게 주었던 찬사에 진심으로 만족하여 기쁜 나머지 다시 그들을 껴안았다.

왕자들은 잠시 부왕과 함께 지내고 난 뒤 각자의 저택으로 돌아갔다. 귀족들이 다시 만난 기쁨의 말을 전하고자 왕자들의 저택을 방문하여 무사히 임무를 완수하고 돌아온 왕자들에게 앞다투어 경의를 표했다.

왕자들은 귀국한 다음 날 왕에게 여행 도중에 만났던 모험 이야기를 해주었다. 베람 황제에게 부탁을 받아 인도의 위대한 여왕의 나라를 구했던 일, 그리고 막냇동생이 그 여왕의 청혼을 받은 것 등을 보고했다.

인도의 여왕이 매우 훌륭하고 미덕을 갖춘 사람이라는 것, 또 그녀의 나라가 번창하고 있다는 걸 들은 왕은, 그녀의 청혼을 정식으로 수락하고 막내 왕자를 여왕에게 보내기로 했다.

왕자의 곁에서 시중드는 자들은 최고의 옷으로 차려입고 여왕에게 보낼 수많은 선물들을 준비했다.

그것들은 다이아몬드와 루비와 에메랄드로 장식한 왕관, 흰 담비 털로 테두리를 두르고 최고급 진주를 짜넣은 얇은 비단자수 궁정복, 큰 석류석으로 만든 버클, 아름다운 광택을 발하는 값비싼 온갖 색깔의 진주 목걸이, 검은 담비 모피, 하나의 에메랄드를 조각해 만든 컵 등 어느 것 하나 당시에 가장 아름다운 귀중품이라고 해도 지나치지 않았다. 또한 최고의 예술가가 고대의 이야기를 아름답게 새겨 넣은 12개의 홍옥수(紅玉髓)[13], 숨겨진 용수철 장치로 날개를 퍼덕이게끔 만든 금닭, 진짜 같은 까마귀 조각 등 말로 표현하는 것도 안타까울 정도로 진귀한 물건들이 많았다.

막내 왕자는 인도를 보고 싶어 하는 몇 명의 귀족과 함께 부왕의 곁을 떠났다.

이 소식을 전달받은 여왕은 궁정의 귀족들을 거느리고 국경 근처의 별궁까지 나아가 그곳에서 왕자를 맞이하기로 했다. 그녀는 길을 서둘렀기 때문에 왕자보다 이틀 먼저 그곳에 다다랐다. 그리고 위대한 왕자를 맞을 준비를 하도록 신하들에게 명했다.

왕자는 아름다운 여왕과 빨리 만나고 싶은 마음에 시종들에게 좀 더 서두르도록 명했다. 특히 그는 기병대장과 측근 한 명 그리고 시종 한 명만 데리고 빠른 말로 달렸기 때문에 여왕이 미처 준

비할 겨를이 없을 만큼 일찍 국경에 도착했다.

왕자가 살그머니 궁전에 들어갔을 때 여왕은 마침 만찬 테이블에 앉아 있었다. 왕자는 여왕을 놀래주려고 몰래 숨어들었으나 얼굴을 아는 귀족에게 들켜버렸다. 곧 소곤거리는 소리가 궁전 안에 퍼졌다. 이상하게 생각한 여왕이 캐묻자 세렌딥의 왕자가 이미 궁전에 도착해 있다는 것을 알았다.

왕자가 생각지도 않게 일찌감치 도착했다는 소식을 들은 여왕은 기쁨으로 두근거리는 마음으로 당장에 테이블을 박차고 나가 접견실에서 왕자를 맞았다. 여왕을 만난 왕자는 최고의 예를 갖추어 인사하고 그녀의 손에 입을 맞추려고 했다. 그러자 여왕은 손을 거두고 얼굴을 내밀었고, 왕자는 기쁨에 차서 입맞춤을 했다. 여왕은 즐겁게 이야기를 나눈 뒤 왕자를 위해 마련한 아름다운 저택으로 그를 안내하고는, 긴 여정에 피로가 쌓인 그를 위해 그만 물러갔다.

밤이 되자 여왕은 서둘러 왕자와 함께 만찬 장소로 향했다. 그러나 방에 들어가보니 놀랍게도 테이블보는 물론이고 식사 준비가 전혀 되어 있지 않은 것이 아닌가.

그런데 바로 그때 더욱 놀라운 일이 벌어졌다. 갑자기 천장이 열리더니 호화로운 요리와 온 나라의 진미가 차려진 테이블이 내려왔다. 이 만찬에는 오묘한 음악 소리와 부드러운 노랫가락이 흥을 돋우었다.

식사가 끝나자 왕자는 여왕의 손을 잡고 그녀의 방까지 데려다주었다. 그곳에서 잠시 그녀와 담소를 나눈 뒤 자신의 방으로 돌아가 휴식을 취했다.

그러던 중에 심부름꾼과 시종들이 도착했으므로 그는 여왕에게 지참했던 선물을 건넸다. 그녀는 기쁜 마음으로 선물을 받았고, 여태까지 본 적도 없는 진귀한 물건들의 아름다움과 세공의 뛰어남을 입이 마르도록 칭찬했다.

다음 날, 화려하고 성대한 결혼식이 거행되었다. 식이 끝나자 왕과 여왕은 신하들에게 왕도로 돌아갈 준비를 하라고 명했다. 그것은 백성들이 만반의 준비를 하고 고대하고 있던 것이었다.

정규 군대도 군장으로 치장한 시민들도 모두 길거리로 나와 환호성을 지르며 두 사람을 환영했다. 왕도의 문에서 궁전까지 양쪽 길가에는 진귀한 태피스트리[15)]가 내걸리고 모든 길모퉁이마다 왕실의 혼례를 축하하는 축전과 전리품으로 장식된 개선문이 세워져 있었다.

시인은 축하의 시를 노래하고 자손의 번영을 기원했다. 수도의 모든 물길은 포도주로 넘치고, 쏘아올린 불꽃은 구름을 뚫고 하늘까지 닿았으며, 백성 모두가 새로운 왕에 대한 만족과 친근의 정을 표했다.

도발된 전쟁

세렌딥에 남은 두 명의 왕자는 이웃 나라 왕들의 동경과 존경의 대상이 되었다. 그래서 그들의 딸들과 결혼 이야기가 오간 것은 당연했다.

그중에서도 왕자들에게 마음을 두었던 인물은 누미디아(*Numidia*)의 국왕이었다. 그는 외동딸의 신랑감으로 둘째 왕자가 좋겠다고 세렌딥의 왕에게 요청해왔다. 마음씨가 상냥하고 덕이 높다는 누미디아의 공주에 대해 한없는 찬사를 들은 왕은 곧 이에 동의했다. 어차피 공주가 누미디아 왕의 모든 명예와 권위를 잇게 되고, 그때는 아들이 왕위를 잇는다는 생각도 있었다.

거기에 생각지 않은 복병이 끼어들었다. 아카스(*Arcas*)의 왕이 누미디아의 국왕에게 사신을 보내 공주와 결혼하겠다고 강요해왔던 것이다.

이 결혼이 성립되어 누미디아 왕국과 아카스 왕국이 합쳐지면 아카스 왕국은 매우 강대해질 수 있다.

그러자 누미디아 국왕은 어느 쪽을 택할 것인가 머리를 싸맸다. 세렌딥의 왕자와 결혼시킬 것을 약속했지만, 둘째 왕자로서 왕국을 상속받지 못하기 때문에 딸에게 큰 이익은 없다. 하지만 아카스 왕은 자기가 죽은 뒤 아카스와 누미디아를 통합함으로써 최강의 왕이 될 것이다. 쉽게 결단을 내릴 수 없었던 누미디아 국왕은 이 문제를 전체회의에서 논의하는 게 좋겠다고 생각했다.

회의석상에서 한 대신이 공주에게 유리함을 들어 아카스 왕을 지지했다. 그러나 다른 신하들은 반대 의견을 내고 "왕의 말은 신성하며 처음에 세렌딥에 혼약을 청했던 이상, 그 약속을 지켜야 합니다. 그러니 명예를 걸고 처음의 결의를 바꿔서는 안 됩니다."라고 주장했다.

왕은 이 진언을 받아들였다. 그가 딸의 이익보다도 자신의 명예를 택했던 것은 참으로 훌륭했다.

왕은 곧 사신을 세렌딥에 보내 결혼식을 올리기 위해 왕자를 불러오기로 했다.

동맹을 거절당하자 모욕감을 느낀 아카스 왕은 무척 화가 났다. 그래서 누미디아 왕이 어떤 도시를 부당하게 점령하고 있다는 구실로 전쟁을 선포하고, 그 도시의 수입에 해당하는 막대한 금액 뿐만 아니라 도시까지 넘겨달라고 했다. 물론 그것이 터무니없는 구실임을 알고 있는 누미디아 왕은 하늘의 가호를 빌면서 거기에 맞설 결의를 했다.

두 나라가 전쟁 준비를 하고 있는 동안 세렌딥의 둘째 왕자는 아름다운 공주와 결혼하기 위해 부랴부랴 수많은 일꾼을 모아 누미디아로 향했다. 곧 누미디아에 도착한 왕자는 거기에서 호화롭고 장엄한 결혼식을 올렸다. 공주는 진심으로 만족하고 모든 귀족들과 기쁨을 나누었다.

이 소식은 아카스 왕의 화에 불을 붙이고 말았다. 그는 곧바로 출정 준비를 명했다. 국경을 향해 쏜살같이 진격하여 누미디아를 선제공격하려고 했던 것이다. 아카스 군의 진격을 알고 있던 누미디아 국왕과 왕자는 이를 저지하기 위해 공격하기 유리한 장소에 진을 쳤다.

누미디아 군은 5만이었지만 아카스 군은 7만으로, 숫자로는 아카스 군이 우위에 있었다. 하지만 기개가 강인하고 숙련된 누미디아의 병사에 비해 아카스의 병사 대부분은 새로 소집되어 전쟁 경험이 없는 오합지졸들이었다.

아카스 군이 국경까지 다가오자 누미디아 국왕은 출격을 명하고 적으로부터 4리그 떨어진 곳까지 진군했다. 거기서 오랜 행진으로 피로해진 병사들의 사기를 북돋기 위해 휴식을 취했다. 그곳은 한쪽에는 아름다운 급류가 흐르고 또 한쪽에는 울창한 숲이 펼쳐져 있어 야영지로 적합했다.

왕자가 야영지를 떠나 골똘히 생각에 잠긴 채 숲속을 걷고 있는데, 갑자기 도움을 청하는 소리가 들렸다. 소리가 나는 쪽으로 달려가보니 땔감을 구하러 갔던 병사가 호랑이에게 쫓겨 헐떡거리며 나무 사이로 도망치고 있었다.

대담하고 용맹스런 왕자는 죽음에 직면한 병사를 구하려고 곧장 칼을 빼어들고 호랑이를 향해 달려들었다. 위험을 느낀 호랑이는 왕자의 일격을 받자 큰 입을 벌려 으르렁거리면서 왕자와 뒤엉켜 바닥에 나뒹굴었다. 왕자는 죽기 살기로 호랑이와 싸웠다.

호랑이는 한쪽 발로 왕자의 군복을 붙잡고 또 다른 발을 뻗어 왕자의 목을 내리치려 했다. 그것을 알아챈 왕자는 재빨리 호랑이의 발을 한 손으로 잡고 다른 손으로 호랑이의 심장에 칼을 찔러넣었다.

마침 그때 말을 타고 군대를 시찰 중이던 사관이 호랑이의 으르렁거리는 소리를 듣고 달려왔다. 그는 왕자가 위기에 처해 있음을 알고 얼른 달려들어 왕자와 함께 호랑이의 숨통을 끊어버렸다.

한편 병사들이 충분히 휴식을 취했다고 생각한 누미디아 왕은 군사들에게 다시 진군 명령을 내렸다.

그때 척후병으로부터 적군의 모습이 보이기 시작했다는 보고가 전해졌다. 왕은 군사들을 앞뒤 한 줄로 정렬하도록 명령하고 왕자와 함께 선두에 섰다. 하지만 아군의 스파이로부터 들어온 보고에 따르면, 적군은 이쪽의 상황을 정찰하러 오는 1000기 정도의 소부대였다.

왕은 직속 기병대에 전진공격을 명했고, 나머지 군의 본대는 천천히 진군했다. 왕의 기병대는 이내 적을 흩어버리고 몇 사람을 포로로 잡았다. 포로들의 말로는, 아카스 왕의 군대는 결전을 결의하고 일사불란하게 대열을 짜서 이곳으로 향해 진군 중이라고 말했다.

결전 전날 밤, 누미디아 왕은 작전회의를 열었다. 한 장군이 밤중에 기습하면 적은 혼란에 빠지고 단번에 승리를 거둘 것이라고 제안했다. 하지만 왕은 그 제안을 물리치며 "어두컴컴한 밤은 영광스러운 승리를 바라보기에 어울리지 않는다."라면서 남다른 용기와 여유를 가지고 답했다. 이 말을 들은 병사들은 일제히 용기백배하여 적을 이미 격퇴시킨 것 같은 기분이 들었다.

아카스 왕은 그날 동이 트자마자 누미디아 군을 공격할 작정이었는데, 적의 대열이 위풍당당하게 서 있는 것을 보고 수적으로 우세함에도 불구하고 계획을 변경하여 자기들에게 보다 유리한 장소로 병사들을 후퇴시켰다.

이 움직임을 지켜보고 있던 누미디아 군이 드디어 공격을 개시했다. 그리고 적의 오른쪽 날개를 집중 공격하여 멋지게 그곳을 돌파해버렸다.

이 광경을 지켜보던 아카스 왕은 전선의 병사들에게 제2진과 신속히 교대하여 그곳을 다시 탈환하도록 명했다. 왕의 명령을 받은 제2진 병사들은 진지를 되찾으려 용감하게 그곳으로 돌진했다.

그러나 이 아카스 군의 격한 저항은 누미디아 군의 사기만 높여주는 결과가 되었다. 누미디아 병사들은 기세등등하게 칼을 치켜들고 공격을 퍼부어 적의 전선을 돌파하고 마침내 아카스 군을 완전히 격퇴시켰다.

이 오른쪽 날개에서 벌어진 전투에서 아카스 군은 2000여 명을 잃고 수많은 부상자들과 포로들을 남겼다. 전선의 왼쪽 날개도 오른쪽과 다를 바 없는 운명을 만나, 이 전쟁은 누미디아 군의 완승으로 끝났다.

아카스의 왕도 세렌딥의 왕자가 휘두른 언월도에 두 군데 깊은 상처를 입었다. 아마도 그의 말이 빠르지 않았더라면 죽임을 당했을 것이다.

아카스 군은 모두 1만 명이 넘는 병사를 잃고 나머지는 포로가 되었다. 그리고 누미디아 왕은 그들의 무기와 보물들을 노획하여 병사들에게 나누어주었다.

여세를 몰아 누미디아 왕은 아카스 왕국의 몇 개 도시를 포위하고 점령한 다음 세금을 물렸다. 이미 싸움을 계속할 수 있는 상태가 아니라는 것을 깨달은 아카스 왕은 누미디아 왕에게 화친을 요구했다.

누미디아 왕은 매년 많은 액수의 금을 바치는 것을 조건으로 그것을 승낙했다. 조약이 정식으로 맺어지자 점령된 도시의 요새 등 군사시설들은 파괴되고 백성들은 아카스의 폭정으로부터 해방되었다.

누미디아 국왕이 정복과 평화의 기쁨에 젖어 있고 그의 아들이 된 왕자가 신혼의 달콤한 사랑에 빠져 있는 곳에서, 이제는 세렌딥의 국왕과 남아 있는 첫째 왕자의 이야기로 옮겨가보도록 하자.

양치기 세리나

그 무렵 세렌딥에서는 왕과 첫째 왕자가 자애로움으로 나랏일을 보고 있었으므로, 그들은 이웃 나라의 왕이나 영주들로부터 친애와 존경의 대상이었다.

훨씬 먼 나라들에서도 사신을 보내 이 의지할 만한 군주와의 동맹을 다시 연장하거나 새로 맺었다.

세렌딥의 왕과 왕자는 타국의 유력한 왕들로부터 분쟁을 해결해달라는 부탁을 받을 때마다 지혜롭고 깔끔한 뒤처리로 자칫 일어날 뻔했던 비참하고 피비린내 나는 전쟁을 막는 데 큰 역할을 했다.

그렇게 함으로써 이웃 왕국뿐만 아니라 국내에서도 평화를 유지할 수 있었다.

어느 날, 매우 아름다운 공주 둘이 영지 문제로 논쟁을 벌이다가 세렌딥의 왕자의 중재로 화해를 한 적이 있었다. 그는 너무도 정중하게 두 사람의 호소에 귀 기울이면서 통찰력이 있고 현명한 판정을 내렸던 것이다.

그리하여 두 공주는 그의 잘생긴 용모에 마음을 빼앗겼을 뿐 아니라 그 판정의 뛰어남에도 감탄하여 싸움은 뒷전으로 돌리고 똑같이 그를 사랑하고 말았다. 두 사람은 서로 왕자의 마음을 잡으려고 온갖 지혜를 짜내게 되었다.

두 사람의 성격은 정반대였다. 한 사람은 밝고 명랑했고, 또 한 사람은 진지하고 차분했다. 왕자는 그것을 알면서도 마음 내키는 대로 그녀들을 방문했다. 유쾌해지고 싶을 때는 명랑한 공주를, 진지하게 있고 싶을 때는 또 다른 공주를 찾았다.

마침내 두 사람은 서로 왕자의 마음을 독차지하려고 다투게 되었다. 왕자는 이런 사실을 알고, 그녀들을 중재하기는 어렵더라도 하다못해 기분이라도 달래주고자 노력했다. 그러나 아무리 설득해도 소용없다는 것을 알게 된 왕자는 그녀들과 이야기하는 것을 포기하고 격한 언쟁에서 한 발짝 물러서기로 했다. 이후로 왕자는 사냥을 나가는 등 야외에서 여가를 즐기는 일이 더 많아졌다.

어느 더운 여름날, 사냥에 나선 왕자가 정신없이 사슴을 쫓다가 졸지에 신하들과 떨어지게 되었다. 왕자는 목이 말라 물을 마시려고 맑은 샘 옆에서 말에서 내렸다. 그러나 샘물을 뜰 수 있는 잔이 없어 망설이고 있자니 그 모습을 보고 있던 한 양치기 처녀가 왕자 곁으로 다가와 공손하게 잔을 내밀었다. 고맙다는 말을 하면서 그녀를 본 왕자는 세상에 보기 드문 아름다움에 눈을 크게 뜨고 물었다.

"그대의 이름은 무엇이오? 이 근처 사람인가?"

양치기 처녀는 정중하게 대답했다.

"제 이름은 세리나(*Celina*)라고 합니다. 이 근처에 사는 농부의 딸입니다."

왕자가 다시 물었다.

"실례가 안 된다면 왕궁에 한번 와주지 않을 텐가?"

그 처녀는 조심스럽게 대답했다.

"무슨 일이든 아버지의 뜻에 따라야 하기 때문에……."

왕자가 아버지를 데리고 와달라고 부탁하자 그녀는 곧 왕자의 요청에 따랐다.

왕자는 그 농부에게 자신의 신분을 밝히고 처녀의 친절함에 보답하기 위해 두 사람에게 큰 상금을 내리겠다고 약속한 뒤, 다음 날 처녀를 데리고 왕궁으로 오라고 명했다.

늙은 농부는 상금이 탐나서 명령을 받은 대로 왕궁을 찾아가 왕자를 만났다. 잠시 두 사람의 이야기를 들은 왕자는 세리나가 아버지와 떨어지고 싶지 않은 눈치라는 것을 알아챘다. 그래서 왕자는 아버지와 딸에게 왕궁 안의 넓은 땅을 하사하여 함께 살 수 있도록 했다.

왕자는 사랑스러운 세리나가 아버지와 따로 떨어져 사는 걸 거부할까 봐 그렇게 한 것은 아니었다. 그저 왕관을 받기에 충분한 처녀의 고운 마음씨를 발견했기 때문에 곁에 두고 싶었던 것이었다.

그런데 앞에서 말한 두 공주는 왕자의 이 새로운 사랑을 알지 못했다. 그녀들은 왕자에게 지나칠 정도로 열정을 쏟아부었다. 그리고 서로 원망하고 시기하며 미워하더니 마침내 칼을 들고 싸우는 지경에 이르렀다.

죽기 살기로 싸운 끝에 서로에게 깊은 상처를 입힌 두 공주는 결국 둘 다 죽고 말았다. 그녀들의 추한 싸움은 이렇게 불행하게 끝나버렸다.

어떤 사람은 이 불행한 운명을 불쌍히 여기고, 또 어떤 사람은 그녀들의 어리석음을 비웃었다. 하지만 세렌딥의 왕과 왕자는 이 비참한 파국에 마음 아파하면서 공주의 신분에 걸맞은 장례식을 엄숙히 거행하고 두 사람을 매장하도록 명했다.

세렌딥의 왕자는 종종 아름다운 세리나를 방문하여 품위 있고 깨끗한 그녀의 모습에서 새로운 매력을 발견하고는 했다. 그녀를 만날 때마다 그녀의 예리한 판단력, 시원시원하고 쾌활한 기질, 우아한 아름다움 등 그녀의 완벽함에 마음이 끌릴 뿐이었다.

그는 부왕에게 세리나의 비할 데 없는 미덕에 대해 이야기하고 그녀와 결혼할 것이라고 고했다.

아직 세리나를 만난 적이 없는 왕은 당장 세리나를 데려오도록 했다. 그리하여 왕의 앞에 나선 세리나는 잠시 왕과 이야기를 나누었다. 한참을 듣고 있던 왕은 그녀의 아름다움과 총명함에 놀라고 훌륭한 장점을 지닌 처녀라고 생각했다. 그래서 결혼에 반대하기는커녕 왕자의 선택을 크게 칭찬했다.

"거의 기적 같구나. 세리나는 자연이 만들어낸 걸작이야."

왕의 칭찬을 받은 왕자는 기뻐하며 결혼식을 준비했다. 그리고 며칠 후 미네르바 사원(*Temple of Minerva*)에서 성대한 결혼식을 올렸다. 결혼 축하연은 왕과 모든 귀족들이 참석한 가운데 장대하면서 화려하게 8일 동안이나 계속되었다. 거기에 맞춰 모든 경기대회와 마상 창 시합도 거행되었다.

얼마 뒤 베람 제국으로부터 파발이 도착하여 베람 황제가 세상을 떠났다는 것, 존경과 우호의 징표로 그가 비옥하고 광대한 땅을 세렌딥의 왕에게 남겼다는 것을 전해왔다.

왕은 친구를 잃은 것에 무척 가슴 아파했지만 인간은 누구나 결국은 죽는다는 사실을 떠올리며 '바꿀 수 없다면 불평할 것도 없다'는 격언을 되새기며 스스로를 달래려고 애썼다.

어쨌든 왕은 베람 황제의 후계자인 메로스(*Meros*) 왕에게 대사를 보내 조의를 표함과 동시에 유언장에 적힌 지역을 넘겨달라고 부탁했다.

그런데 메로스 왕은 거기에 동의하기는커녕 "왕이 된 자가 자기 나라의 어디든 손을 뗀다는 것은 도저히 있을 수 없다. 이것은 상속을 침해하는 짓이다."라고 말하며 이 요청을 거절했다.

이 부당한 답변을 받은 세렌딥의 왕은 어쩔 수 없이 사신을 불러들였다. 그리고 메로스 왕에게 선전포고를 하고 이웃 나라들의 왕에게 협력을 부탁하며 원정대를 꾸렸다.

원정대는 3만의 보병부대와 1만의 기병대로 구성되었고, 총지휘는 세렌딥의 첫째 왕자가 맡았다.

왕자는 용감한 장군과 잘 훈련된 병사들을 이끌고 출발했다. 메로스 왕은 이에 맞서 6만이 넘는 군사로 싸울 태세를 갖추었다. 세렌딥의 왕자는 오랜 행군에 지친 병사들을 위해 적진으로부터 6리그 떨어진 곳에 진을 치고 사기를 회복시키기로 했다.

정찰병의 보고에 따르면, 새벽에 메로스 왕의 군사들과 전투가 벌어질 수도 있으므로 왕자는 아군의 야영 천막을 걷으라고 명했다.

메로스 왕도 곧 이 움직임을 알아채고 각 부대에 전선을 정비하라는 명령을 내렸다. 왕자의 군사들도 마찬가지로 전투에 대비해 적으로부터 2리그의 거리를 유지하면서 기다리고 있었다. 그리고 언덕 위에서 적의 동향을 살피면서 병사들에게 전투 준비를 명했다.

그때 하필이면 갑자기 개기일식이 시작되어 주위가 순식간에 어두워졌다.

이 생각지도 못한 사태에 겁을 먹은 병사들 사이에 온갖 불길한 소문이 퍼져나갔다. 왕자는 무슨 전조인지 알고 싶어 태양과 달에 살아 있는 동물을 제물로 바치라고 명령했다. 그리고 점쟁이로 하여금 제물의 사체로 점괘를 풀어보게 하니, 이 일식은 좋은 일이 있을 조짐이라는 말을 들었다. 특히 점쟁이는 이번 달 안으로 완벽한 승리를 거둘 것이라고 확신했다.

이 기쁜 소식에 왕자는 전투를 시작하기 전 당장 작전회의를 열었다. 그리고 일부 장군들이 주장하듯이 당장 공격을 시작해야 하는지, 아니면 잠시 진지를 지키면서 적군의 실력이나 무기의 상태가 어떤지, 복병이 있는지 없는지, 적진의 수비가 탄탄한 곳은 어디인지 등을 따져본 후 전투를 개시할 것인지를 의논했다.

결국 잠시 이 진지에 머물며 적의 상황을 지켜보는 것이 가장 나은 작전이라고 판단하고 야영을 계속하기로 했다.

세렌딥의 왕자는 양측 군대의 중간에 있는 평야를 전쟁터로 삼을 수 있으면 유리할 것으로 생각하여, 강력한 기병분대를 이끌고 그 상태를 알아보았다. 그리고 마침내 전투를 개시하기 위해 2차 작전회의를 열고 장군들에게 이렇게 말했다.

"지금은 내가 작전에 관해서 이러쿵저러쿵 말할 때가 아니다. 다만 오로지 여러분의 명예를 걸고 작전을 완수해주기 바란다. 조국과 여러분의 영광은 전쟁의 승리에 달려 있다. 그것을 병사들에게 명확하게 전달해주기 바란다. 여러분의 용감무쌍함은 누가 보더라도 분명하며 그 밖에 아무것도 말할 것이 없다. 다만 질서 있게 정숙을 유지하며 전달받은 명령은 정확하고 신속하게 실행하기 바란다. 전쟁은 병사들의 게으름과 부정 때문에 패하는 경우도 많다. 승리를 얻는 것은 그 반대의 선량한 행위이다."

왕자의 연설이 끝나자 갑자기 장군들은 활기가 넘쳤다. 왕자는 가벼운 식사를 한 후 격렬해질 전투에 대비하여 충분한 휴식을 취하라고 그들을 격려했다.

메로스 왕은 진영을 강화하지도 않고 군을 하룻밤 내내 적의 기습에 대비하도록 하면서 진격을 준비하고 있었다. 그는 부하 장군과 병사들에게 지루한 연설을 한 다음, "승리는 월계관과 명예로 보상된다. 우리 군은 적보다도 훨씬 많기 때문에 승리는 뻔하다."며 자신만만한 말투로 말했다.

날이 새자마자 세렌딥의 왕자는 병사들을 평야로 이끌었다. 그리고 거기에 대항하듯이 공격에 나선 메로스 왕의 군대와 정면으로 충돌했다. 양쪽 병사들은 용감무쌍하게 싸웠다.

세렌딥의 병사들은 적의 왼쪽을 돌파했다. 하지만 그 뒤에 지원

군이 배치되어 있어서, 그들은 질서정연하게 대열을 이루면서 무서운 기세로 세렌딥의 병사들을 향해 돌진해왔다. 세렌딥의 병사들은 큰 혼란에 빠져 후퇴할지 말지 당황하고 있었다.

그때 이 전선에 왕자가 나타나 대열을 지휘하기 시작했다. 그가 남다른 용기를 보여주자 병사들은 기운을 차리고 기세를 회복하여 마침내 적을 퇴각시켰다.

그러자 메로스 왕은 이륜전차를 준비하여 적의 기병대 중심부를 파고 들어가라고 명령했지만 별 효과는 없었다. 왜냐하면 세렌딥의 왕자는 미리 기병대 중심부를 창으로 무장한 부대로 둘러싸도록 하여, 그 뾰족한 창들이 메로스 왕의 전차부대가 끄는 말을 상하게 했고 고삐를 놓친 기수들이 말에서 떨어지면서 아군의 피해를 막았기 때문이다.

그러는 동안 적군의 오른쪽이 막강한 것을 알아챈 왕자는 보병과 기병대에게 총공격을 명했다. 그들은 즉시 승리를 향해 환성을 지르면서 적의 기병대를 향해 돌격했다.

마침 거기에 있던 메로스 왕은 호위대와 함께 도망갈 수밖에 없었다. 그렇지 않았더라면 포로가 될 상황이었다. 그는 전군에 퇴각 명령을 내렸다. 미처 도망치지 못한 병사들은 전사하거나 포로가 되었다.

이 전쟁에서 메로스 왕은 2만여 명의 병사 외에도 군수품과 귀중품을 잃었다. 그것들은 승리를 거둔 세렌딥의 병사들이 나눠 가졌다. 메로스 왕의 투구와 방패가 발견되어 전사했다는 얘기가 돌았으나 도망치면서 버렸다는 것이 밝혀졌다.

세렌딥의 왕자는 이 전쟁에서 뛰어난 통솔력을 발휘했으며, 용맹함이 넘치는 탁월한 지휘관으로서 이름을 드높였다. 그것은 전투 상황에 대응하는 명령을 정확히 병사들에게 전달하고, 그것이 정확하게 실행되는지 확인했기 때문이다. 이것이야말로 정복의 영광을 한 몸에 받기에 충분한 대장군의 지위에 걸맞은 자질이었다.

왕자는 이 유리한 정세에 힘입어 군을 메로스 왕의 영내로 진군시켰다. 그는 몇몇 도시들을 점령하고 부당하게 부왕의 손에 들어오지 않았던 지역을 되찾았다. 메로스 왕의 군대는 이미 그곳에서 물러나 있었고 다시 전투를 개시할 기력도 없었다. 메로스 왕은 불운이 이어질 듯한 조짐이 보이자 화친을 제안해왔다. 세렌딥의 왕자는 점령한 도시를 전쟁의 대가로 얻는다는 조건으로 이 요청을 받아들였다.

모든 상황이 끝나자 왕자는 전투에서 용맹을 떨친 아르세네즈(*Arsenez*) 장군에게 새로 얻은 지역의 통치를 맡겼다. 그리고 다른 장수들도 그 공적에 따라 각각 시나 마을의 장으로 임명되었다. 또 전쟁에서 얻은 도시에는 유능한 장교들과 인덕이 있는 병사들을 남기기도 했다. 왕자는 군대를 이끌고 잠시 메로스 왕의 영내에 머물며 아군이 포위했을 때 파괴된 도시의 성벽이나 요새를 복구시켰다.

왕자는 승리의 소식과 함께 세렌딥으로 귀국했다. 늙은 부왕은 기쁨의 눈물을 흘리며 그를 맞았고, 백성들은 그에게 월계관을 씌워주고 그의 영웅적 행위를 새긴 기념비를 세웠다.

왕자는 기쁜 나머지 넋을 잃고 멍하니 자기를 쳐다보는 아내를 알아보고 그녀에게 정신없이 달려갔다. 멀리 떨어져 있는 동안 자연스럽게 생겨난 정열에 사로잡힌 두 사람은 서로 녹아들듯이 힘껏 끌어안았다.

하늘은 그들의 순수하고 변함없는 사랑에 감동했는지 두 사람에게 아들을 내려주었다. 그것은 부왕과 그의 사랑하는 백성들에게 더 없는 기쁨을 안겨주었다. 그들은 이 아이에게 부왕과 같은 미덕이 깃들기를 기원했다.

그들은 하늘을 향해 이 소중한 어린아이가 언제까지나 건강하기를 빌고 각자가 믿는 신들에게 서약을 했다.

궁전 전체에 기쁨의 물결이 퍼져나가고 8일간에 걸쳐 호화로운 축하연이 계속되었다. 온갖 산해진미가 마련된 가운데, 밤에는 무도회와 나라가 자랑하는 경기대회 등이 열려 엄청나게 북적거렸다.

이리하여 세렌딥의 왕이 통치하는 동안 백성들은 더없는 행복을 누렸다. 백성들의 불만은 모두 제대로 해결되었고 억압적인 지배 따위는 조금도 없었다.

새로운 왕의 탄생

평온한 나날을 보내면서 왕자는 기분전환을 위해 사냥을 가게 되었다. 그러던 어느 날, 왕자는 주목할 만한 가치가 있는 사건에 부딪히게 되었다.

그가 숲속에서 사냥감을 쫓으면서 동료로부터 멀리 떨어졌을 때였다. 뭔가를 호소하는 듯한 사자의 울음소리가 들려왔다.

그 소리가 나는 쪽으로 달려가보니 놀랍게도 무시무시할 정도로 거대한 독사가 사자를 칭칭 감아 꼼짝 못하게 하고 몇 갈래로 갈라진 혀를 날름거리며 사자를 죽이려는 참이었다.

위험을 눈앞에 둔 백수의 왕을 불쌍히 여긴 왕자는 언월도를 휘두르며 뱀에게 덤벼들었다. 다행히 그는 뱀의 목을 두 번 베어 사자를 다치게 하지 않고 뱀의 머리를 잘라 떨어뜨렸다.

그 고상한 맹수는 도움을 받았다는 것을 알자 생명의 은인인 왕자의 곁에 다가와 얌전히 엎드리더니 감사의 표시로 왕자의 발을 핥았다. 그리고 왕자가 그곳을 떠나려 하자 자비 깊은 수호자에게 감사하다는 듯이 그에게 바짝 붙어 뒤를 따랐다. 마치 충견처럼 왕자를 따르면서 그 누구에게도 해를 끼치지 않았다.

왕자가 이 충실한 시종을 데리고 궁정으로 돌아오자 모두가 사자의 붙임성에 크게 놀랐다. 그리고 실제로 있었던 사건의 자초지종을 듣고는 더욱 놀랐다. 이 백수의 왕은 왕자가 아들을 찾아가 어르는 것을 보자 자기가 마치 수호자라도 된 듯이 요람 옆에 길게 가로누웠다. 그러고는 왕자가 외출하려고 부르자 천천히 일어서더니 그 아이를 돌아보고 기쁘다는 듯이 꼬리를 흔드는 것이었다.

이렇듯 왕실과 백성들이 더 없는 행복을 즐기고 있을 때 나라 전체를 흔드는 큰 사건이 일어났다.

갑자기 왕이 중병으로 쓰러진 것이다. 어떤 의사도 원인을 알지 못해 제각기 다른 소견을 내놓고 다른 약을 처방했다. 그러는 동안 왕은 나날이 쇠약해져 결코 회복할 수 없을 것처럼 보였다. 왕자는 깊이 마음 아파하며 오로지 부왕의 회복만을 고대했다.

왕은 마음의 평정을 찾고자 유서를 썼다. 그리고 충실하게 돌봐준 신하들에게 보답하고 싶다고 생각하여, 그것을 실행하고 나아가 엄청난 기부금도 남겼다. 그 후에도 병세가 더욱 악화되었지만 왕의 판단력은 무뎌지지 않았고 신념도 흔들리지 않았다. 그러나 마침내 최후가 다가왔음을 깨달은 왕은 왕자를 곁으로 불러 신앙을 지키고 신에게 봉사하는 것이 소중하다는 말을 남긴 뒤 평안하게 79년의 생애를 마감했다.

훌륭한 아버지를 잃은 슬픔에 왕자의 눈은 눈물로 넘치고 마음은 천 갈래 만 갈래 찢어질 뿐이었다. 자리에 있던 신하들 모두 너무도 관대하고 공정했던 위대한 왕을 잃은 슬픔에 한없이 마음이 가라앉았다.

왕국 전체가 그의 죽음을 마치 자기 아버지의 죽음인 듯 애석해했다. 그의 품성을 들은 적이 있는 이웃 나라의 군주들은 그와의 추억에 잠겼다.

왕자는 곧 왕위를 잇는다고 선언했다. 그 이틀 후 이 새로운 왕은 아버지의 시신에 향유를 발라 보존하라고 명했다. 그리고 시신은 생전의 명성에 걸맞게 호화롭고도 엄숙한 의식을 거쳐 선조들이 잠든 왕가의 묘소에 안치되었다.

왕이 돌아가신 그날 궁전의 공기는 묘한 소리로 가득 찼다고 한다. 온갖 새들이 날개 퍼덕이는 소리가 궁전에 메아리쳤고, 그 지저귀는 듯한 음률은 마치 천국에 있는 사람들이 즐기는 만복의 기쁨과도 비슷한 것이었다. 선량한 왕의 영혼이 행복이 가득 찬 정의의 집 안에서 떠돌고 있었다고 한다.

왕의 죽음이 이웃 나라들에 알려지자 각국에서 새 왕에게 보낸 조의문이 도착했다. 그중에서도 두드러졌던 것은 탄조르*(Tanjor)*의 왕이 보낸 다음과 같은 편지였다.

가장 위대하시고 현명하시며 고귀한 군주
세렌딥의 국왕께

국왕폐하.

부왕폐하의 붕어 소식을 접하고 진심으로 애석합니다. 저는 돌아가신 국왕의 미덕과 지혜를 깊이 존경하고 있었습니다. 뛰어난 판단력 덕분에 부왕께서 얻으셨던 높은 명성은 둘도 없는 분을 잃으신 귀하에게 조금이나마 위로가 되겠지요.

저로서는 귀하를 조금이라도 위로하고 싶다고 생각하여 그 표시로서 저의 딸을 귀하의 비로 맞아주시기를 바라고 있습니다. 저의 이 외동딸은 귀하의 비에 어울리는 재능과 젊음 그리고 아름다움을 갖추고 있습니다.

그러므로 저의 자랑을 허락해주신다면 귀하께서 기꺼이 승낙할 수 있다고 생각합니다.

귀하의 치세가 오래오래 번영하도록 기원합니다. 바로 그것이 저의 최고의 기쁨입니다.

언제나 존경하는 부왕의 마음이 머물고 있는 귀하의 오랜 친구

탄조르 왕

세렌딥의 새로운 왕은 이 편지를 받고 매우 기뻤다. 그것은 탄조르 왕이 자기에게 존경을 표했거나 딸이 빼어난 미녀이기 때문만은 아니었다. 공주는 외동딸이기 때문에 탄조르 왕이 죽은 뒤에는 그 영지가 세렌딥의 땅으로 귀속되기 때문이기도 했다.

그는 즉시 이 요청을 받아들이기로 하고 평소처럼 정중하고 예

의 바르게 답장을 썼다.

가장 탁월하시고 현명하시며 강력한 군주

탄조르 왕께

국왕폐하.

귀하의 편지는 저에게 큰 위안이 되었고, 훌륭한 아버님을 잃은 슬픔을 얼마쯤 누그러뜨려주었습니다. 아버님의 죽음은 아무리 아쉬워해도 끝이 없습니다. 저는 아버님에 대한 추억을 언제까지나 품고 있겠지요. 아버님을 존경하고 존중하는 증거로서 저는 아버님을 모범으로 삼아 나라와 백성을 다스려갈 작정입니다. 그리고 폐하가 친절하게도 결혼을 요청해주신 공주와 함께 더 좋은 나라로 이어가길 바라고 있습니다, 현명한 따님은 저의 좋은 상담 상대가 되겠지요.

공주님의 위대한 집안과 인물 됨됨이에 경의를 표하며, 사랑스러운 공주님을 받는 것을 허락해주십시오. 한시라도 빨리 국경까지 마중하러 가겠습니다. 제가 마음속으로 기다리는 행복이 아무 탈 없이 실현되기를 바라겠습니다.

폐하의 가장 좋은 벗이라고 자부하는

세렌딥 왕

이 편지는 왕의 대리인 자격을 부여받은 사신을 통해 탄조르의 왕에게 전해졌다. 그는 되도록이면 빨리 편지를 전달하려고 고관 몇 명을 데리고 길을 나섰는데, 생각보다 일찍 탄조르의 왕도에 도착했다. 도시로 들어오는 그들의 모습은 호화로움 그 자체였다. 그들이 타고 온 마차에는 금박이 새겨져 있고, 말발굽에는 은 편자가 붙어 있으며, 마구에는 보석이 박혀 있었다.

탄조르 왕은 왕실의 대신들에게 모두 군장을 갖추도록 명하고 번쩍거리는 보석으로 장식된 옥좌에 앉아 그들을 맞았다. 사신은 거침없이 인사를 마치고 주군의 편지를 내밀자, 왕은 신하에게 그 편지를 읽게 했다.

이 편지를 읽은 왕은 사신에게 세렌딥의 국왕과 맺은 동맹을 자랑스럽게 생각하며 기꺼이 요구에 응한다고 말했다. 사신의 말이 끝나자 왕은 옥좌의 계단 맨 위에 서 있던 공주를 소개했다. 사신은 공손하게 답례를 하고 이렇게 말했다.

"우리 주군인 국왕께서는 공주님이 지혜와 아름다움을 두루 갖춘 매력 있는 분임을 알고 청혼을 했습니다. 저는 대리로서 공주님과의 혼인을 성립시키기 위해 여기에 파견되었습니다."

이 인사에 공주가 매우 총명한 말로 겸허하게 답하자 사신은 물러갔다. 다음 날에는 국왕과 모든 귀족들이 참석하여 가상의 결혼식을 거행했다.

그리고 며칠 뒤 그녀는 국왕에게 작별을 고하고 탄조르를 떠났다. 세렌딥의 사신과 함께 왔던 수행원들뿐만 아니라 궁전의 귀족들과 고관 몇 명, 그리고 500기 이상의 정규 기병대가 뒤를 따르며 공주의 훌륭한 행렬에 광채와 다채로움을 더했다. 공주는 온 나라 백성의 사랑과 존경을 받고 있던 터라 지나가는 모든 마을에서 축복을 받았다. 백성들은 한마음으로 결혼하는 공주의 행복과 번영을 하늘에 기원하고 맹세를 했다.

한 달 정도 여행을 한 그녀는 세렌딥의 국경에 도착했다. 왕은 국경 근처의 큰 도시에 도착하여 그곳에서 1리그도 채 안 되는 곳에서 그녀를 맞이했다.

공주는 왕과 만나자마자 경의의 표시로 얼굴을 빛내자 왕도 마찬가지로 얼굴을 빛냈다. 왕은 그녀가 무릎을 꿇으려고 하자 손을 잡아 일으킨 다음 공손하게 입을 맞추려고 했다. 그러자 그녀는 조용히 손을 빼고 수줍은 표정을 지으며 우아하게 그에게 얼굴을 돌렸다. 정중하게 그녀와 말을 나눈 왕은 왕녀를 자신의 마차로 인도하여 자기의 왼쪽 자리에 앉혔다.

그들은 곧 이웃 도시로 향하고 다음 날 거기에서 성대한 결혼식을 치렀다. 거기서 네댓새 묵은 후 왕은 공주를 수행했던 탄조르 왕국의 사람들과 호위대에게 융숭한 대접을 한 뒤 푸짐한 선물을 주어 귀국시켰다.

왕과 공주는 왕도로 향했다. 그곳에서는 시민들이 각자 취향껏 영접을 하려고 준비를 서두르고 있었다. 새로운 왕비는 여섯 마리의 흰 코끼리가 끄는 화려한 사륜마차를 타고 왕도로 들어왔다. 마차는 황금빛 천으로 감싸여 있었고 바퀴는 순은으로 장식되었다. 모든 코끼리는 등에 망대를 달고 거기에는 최고의 가수와 악대가 타고 왕과 왕비를 위해 찬미와 영광의 노래를 불렀다. 길가에는 형형색색의 태피스트리가 늘어져 있고 샘에는 와인이 넘쳐흘렀으며 백성들은 이렇게 계속 외쳐댔다.

"신이여, 국왕과 왕비에게 축복을 내리소서!"

"행복한 결혼에 은총을 내리소서!"

왕비가 궁전에 닿자 왕은 그녀를 자신의 방으로 안내했다. 그 방의 벽은 갖가지 색깔의 진귀한 돌로 만들어졌는데 마치 진짜 꽃이나 동물로 착각할 만한 그림들이 그려져 있었다. 창을 가린 두터운 커튼은 짙은 빨간 벨벳 소재로 훌륭한 동양의 진주가 달려 있었다.

최상의 흑단으로 만든 침대에는 금과 은으로 된 진귀한 문양의 상감이 새겨져 있고, 수정을 잘라 만든 네 마리의 사자상이 그것을 떠받치고 있었다. 침대를 둘러싼 금빛 커튼은 페르시아산 비단실을 교묘하게 짜넣었으며, 피라미드 모양을 한 덮개는 바깥과 안쪽 모두에 갖가지 도안의 금란(金蘭)이 붙어 있었다. 침대 커버는 순결한 처녀들이 정성 들여 완성한 것이었다.

방바닥에는 크고 아름다운 주단이 깔려 있고 색채도 다양한 작은 새들이 마치 살아 있는 것처럼 곁들여져 있었다. 국왕의 의자는 침향으로 만들어졌는데, 그 향기 때문에 일본인은 터무니없이 1파운드 40크라운의 비싼 값으로 사들였다는 이야기가 있다.

옥좌는 높이가 1.5피트인데 그 위에는 마찬가지로 침향으로 만든 천개(天蓋)를 도리스 양식[16)]의 네 기둥이 떠받들고 있었다. 천장 중앙에는 금과 은으로 장식한 수정 촛대가 있고 그것들에는 눈부신 돌과 형형색색의 보석들이 흩뿌려져 있었다.

방 모퉁이에 놓인 은제 책상 위에는 보석이 박힌 사발과 주전자가 놓여 있었다. 벽에는 상아와 산호로 만든 두 개의 찬장이 있었다. 수정으로 만든 문을 통해서 종교와 신앙, 예술, 과학 등에 관한 책들이 보였다.

왕은 이 책들을 기분전환을 하거나 공부를 위해 읽고 있었다. 또 하나의 찬장 위에는 작은 상자가 있는데 매주 수요일 신하가 그곳에 금색 지갑 하나와 은색 지갑 두 개, 합해서 세 개의 지갑을 넣어 두었다. 왕은 그것을 백성들을 구제하는 데 사용했다. 이것으로 가난하지만 열심히 섬기는 백성들을 기쁘게 해준 것이다.

알현실에 왕비가 들어오자 또 한 명의 왕비가 들어와 그녀를 환영했다. 그녀들은 서로 다정하게 껴안고 위로의 말을 나누었다. 두 사람은 완전히 격의 없이 마음을 트고 지냈으며 결코 질투의 그림자를 떨구는 일이 없었다.

왕은 그녀들이 이렇게 서로를 이해하며 잘 지내는 모습이 더없이 기뻤다. 그리고 왕 자신도 어느 쪽이 더 좋다는 기색을 조금도 보이지 않고 한결같이 그녀들을 소중히 대했다.

이리하여 왕은 선량하고 고결한 두 왕비와 같이하는 행복을 맛보면서, 돌아가신 부왕의 가르침에 따라 백성들에게 평화와 부를 가져다주는 평온한 나라를 이룩했다.

Endnote

1) 그리스 신화에 등장하는 인물로 다이달로스의 아들이다. 부자가 미노스 왕의 미궁에서 탈출하려고 새의 날개에서 깃털을 모아 실로 엮고 밀랍을 발라 날개를 만들었다. 이렇게 해서 탈출에 성공했으나 이카로스는 아버지의 경고를 무시하고 높이 날다가 태양열에 밀랍이 녹아 추락하고 말았다. 이후 이카로스가 떨어져 죽은 바다를 '이카로스의 바다'라는 뜻의 이카리아해라고 불렀다.

2) 대상(隊商). 무리를 지어 사막지대를 이동하는 상인이나 성지순례자들. 카라반은 페르시아의 카르반(*Kārvān*) 또는 카이라완(*Qairawān*), 카이루완(*Qairuwān*)에서 나온 말이다.

3) 가마솥처럼 아래로 내려갈수록 지름이 작아지는 형태의 통에 막을 씌워 소리 내는 타악기. 가마솥 북이라고도 한다.

4) 신이 마시는 음료.

5) 아랍 지역의 현악기로 13세기에 십자군전쟁에 참가했던 사람들이 유럽에 전파했다. 유럽의 초기 류트는 4현이었는데, 16세기에는 6현으로 발달하여 근대 류트 형태가 완성되었다.

6) 둥글게 다듬은 붉은 석류석.

7) '점으로 된 돌'이라는 뜻의 붉은색 보석.

8) 홍백색의 무늬가 있고, 비탕이 매우 곱고도 푸른 돌.

9) 크라운(*crown*)은 영국의 구 화폐로 5실링짜리 동전이다. 지금의 25펜스에 해당한다.

10) 인도양 자라의 등딱지로 따뜻하게 하면 가공하기 쉽다. 예부터 머리장식 등의 장신구, 안경테 등에 사용되었다.

11) 시렌(*Siren*)이라고도 한다. 그리스 신화에서 인어나 새 모습을 한 요정으로 뱃사람들을 노래로 유혹하여 곤경에 빠뜨렸다.

12) 유니콘. 뿔이 하나 달린 말 모양의 짐승.

13) 갈색이나 붉은 갈색, 짙은 귤색을 띠는 반투명한 옥수(玉髓). 옥수는 석영(石英)이 변하여 이루어진 광석이다.

14) 초승달 모양으로 생긴 큰 칼. 《삼국지》에 나오는 관우가 사용한 것으로 유명하다.

15) 여러 가지 색실로 그림을 짜 넣은 직물.

16) 도리스인들이 창시한 고대 그리스 최초의 건축양식.

Travels & Adventures of

Three Princes of Serendip

세렌디피티의 왕자들

책이 있는 마을